모든 시작점에서 응원을 보내 준 H에게

문주희

편지 가게 '글월' 디렉터.
콘텐츠를 기획하고 글 쓰는 일을 직업으로 삼고 싶어
얼마간은 에디터로 일했고, 지금은 글월에서 제품을
만들고 편지 쓰기를 위한 서비스를 기획하고 편지 가게라는
독특한 공간을 찾아온 손님들을 응대하며 일하고 있다.
편지 가게를 열기 전까지만 해도 편지와 아주 가깝지는 않은
사람이었기에 가게를 열고 얼마 되지 않아 '편지 마니아'
'편지를 무척이나 좋아하는 사람'으로 소개되는 것에 마음의
부채가 있었다. 하지만 시간이 지날수록 그 소개에 걸맞은
특별한 경험들이 차곡차곡 쌓이고 있다. 그래서 여전히
'진짜' 편지 마니아 손님들을 떠올리면 이 책을 내는 것이
사뭇 조심스럽지만 조금씩 책을 낼 만한 배경이 갖추어져
가고 있다는 생각에 용기를 내었다. 요즘 시대에 맞는
편지 문화와 쓰는 이들을 위한 데스크웨어를 기획하는
사람으로 사는 꿈을 꾼다.

편지 쓰는 법

편지 쓰는 법

손으로 마음을 전하는 일에 관하여

문주희 지음

손편지가 만드는 특별한 풍경

저는 '글월'이라는 편지 가게를 운영하고 있습니다. 글월은 편지를 이르는 순우리말이자, 편지를 높여 부르는 말이지요. 가게에서는 편지지와 편지 봉투, 우표, 필기구 등 편지 쓰기에 필요한 것들을 소개하고 판매합니다. 편지와 관련된 책을 준비해 놓는가 하면 편지를 쓰러 온 사람들을 맞이하기도 합니다. 익명의 사람에게 편지를 쓴 후 다른 이가 쓴 편지를 가져가는 편지 교환 서비스도 마련해 두었습니다. 펜팔을 글월식으로 재해석해 만든 서비스이지요.

우리는 손으로 쓴 편지를 주고받는 일이 거의 사라진 시대를 살고 있습니다. 이메일과 문자메시지가 주는 편리함에 익숙해져 편지는 세상의 순리에 따라 자연스럽게 사라질 것쯤으로 생각합니다. 이런 시대에 편지 가게는 생각보다 많은 이들의 관심을 받고 있습니다. 서울 서쪽 연희동에 1호점을 내고, 2년 후 동쪽 성수동에 2호점을 열었습니다. 편지 가게 두 곳에서 펜팔 편지를 쓰고 구매하는 사람들이 한 달 평균 500여 명, 편지지나 봉투를 사는 손님과 편지 가게라는 낯선 공간이 궁금해서 찾는 분까지 합하면 한 달 평균 1,800명을 만나고 있습니다. 가끔은 이곳 편지 가게가 사람들이 '찾아오는 장소'가 된 게 여전히 신기하고 놀랍습니다.

가게 안에는 사람들이 편지를 쓰고 갈 수 있도록 '편지 쓰는 자리'를 마련해 두었습니다. 이 자리에서 한 시간 내지 두 시간, 편지를 쓰고 가는 사람들의 모습을 봅니다. 준비해 둔 물건을 사 가는 손님을 만나는 것만으로도 기분이 좋지만 그것을 들고 그 자리에 앉아 긴 시간 공간을 채우고 있는 사람들을 보면 감동이 밀려옵니다. 저를 비롯해 가게에서 함께 일하는 저희 팀원들이 가장 근사하게 생각하는 장면이기도 하죠. 이 모든 게 왜 유난히 특별한가 하면 그것은 그 중심에 다름 아닌 '편지'가 있기 때문입니다.

어느 날 한 편집자가 글월로 찾아와 편지에 관한 책 두 권을 내밀었습니다. 영국의 유명한 작가 루이스 캐

럴이 쓴 『편지 쓰기에 관한 여덟아홉 가지 조언』Eight or Nine Wise Words About Letter-Writing과 역시 영국의 유명한 작가 사이먼 가필드가 쓴 『투 더 레터』였습니다. 그러면서 편지 가게를 시작한 제 이야기를 궁금해하며 어떤 사람들이 편지 가게를 찾는지 물었습니다. 또 다른 편집자에게 들었다며 흥미로운 이야기를 전해 주기도 했습니다. 외국의 어느 유명한 대학교에서 한 교수가 학생들에게 편지 쓰기 과제를 냈는데 편지를 써 보거나 받아 본 적이 한 번도 없다는 학생이 대다수여서 일제히 당황했다는 이야기가 기사로 났다고요. 편지를 쓰고 싶어 하는 사람과 잘 쓰고 싶어 하는 사람, 다른 이들의 편지를 궁금해하는 사람들이 여전히 많음에도 편지를 쓸 일이 없어 모두들 편지 쓰기를 어려워한다며, 편지와 편지 쓰기에 관한 책이 필요하다고 말했습니다.

당시의 저는 이 책이 필요하다는 편집자의 말이 좋았습니다. 편지 가게를 여니 편지에 관한 책을 내려는 편집자도 만날 수 있구나 하고 놀랐고요. 이런 제안이 기쁘면서도 한편으로는 내가 이 책을 쓸 자격이 있을까 고민했습니다. 사실을 말하자면 저 역시 가게를 열기 전까지 많아야 일 년에 한두 통 정도의 편지를 쓸 뿐이었고, 필요할 때는 기꺼이 썼지만 누구보다 편지를 좋아한다고 말할 정도는 아니었거든요.

그랬던 제가 편지 가게를 열면서 편지를 좋아하는 사람들을 만나고 편지 관련 책을 쌓아 두고 읽기 시작했습니다. 그러면서 점차 편지를 좋아하게도 되었습니다. 가까이 두니 비로소 진가를 알게 되었다고나 할까요. 이 과정에서 만난 사람들과 공부하며 알게 된 것들을 써 보기로 마음먹었습니다. 거창하게 쓰지 않으려 노력했습니다. 그저 그동안 쓴 편지와 받은 편지를 다시 꺼내 보고 가게를 운영하면서 만난 손님들과 나눈 편지 이야기를 떠올리면서 제 경험 안에 있는 편지 쓰는 법을 정리해 보았습니다. 그러니 편지를 '잘' 쓰는 것보다 편지를 쓸 때 자연스럽게 따라오는 것들에 대한 이야기가 모였습니다. 여러분도 편지 한 통을 그저 써 보고 싶다는 마음으로 이 책을 펼쳤으면 합니다. 글쓰기를 어려워할 때마다 편지 쓰기의 정석이나 정답 같은 것을 전해야 하는 것이 아니라, 이 책이 세상에 나와 편지를 쓰거나 써 보고 싶어 하는 사람들에게 전달되는 것만으로도 제 역할을 다하는 것이라고 방향을 잡아 준 사공영 편집자 덕에 계속 쓸 용기를 얻었습니다.

편지지를 고르고 편지를 쓰고 편지를 보내는 일련의 과정을 하나하나 살펴보려고 합니다. 정성 어린 편지에 마음이 동하고도 답장 쓰기를 걱정하는 이가 있다면, 그 곤란함도 함께 나눌 수 있지 않을까 생각합니다. 편지 쓰기는커녕 편지지와 우표를 사 본 경험도 없는 이들부터 20년 전 편지지를 앞에 두고 누군가를 생각하며 한 자 한 자 적어 내려간 이들까지. 다양한 이들의 이야기와 함께 편지의 다정함을 나누고 싶습니다.

2022년 가을
문주희

들어가는 말 … 9

1 편지가 좋은 이유 … 17

2 편지와 인터뷰 … 23

3 편지 쓰기 좋은 시간 … 31

4 편지의 첫 줄 쓰기 … 39

5 편지 채우기 … 49

6 편지 마무리하기 … 63

7 편지 봉투 작성하기 … 69

8 편지 보내기 … 77

9 우표 사서 붙이기 … 87

10 편지지와 편지 봉투 고르기 … 93

11 편지 쓰기 좋은 장소 … 105

12 답장하기 … 111

13 펜팔 편지 … 115

14 편지 담은 책 … 123

15 편지는 곧 '나' … 135

16 온라인 편지, 이메일 … 143

17 앞으로도 계속할 수 있을까? … 149

18 오직 편지만이 할 수 있는 일 … 157

{ 1 }
편지가 좋은 이유

사람들은 편지를 좋아합니다. 편지를 받으면 설레고 기분이 좋아지죠. 봉투에 싸여 내용을 바로 볼 수 없다는 점도 편지의 매력 중 하나가 아닐까 생각합니다. 밀봉된 미지의 것을 개봉한다는 것에서 이미 기분 좋은 기대감이 생기는 모양입니다.

편지에는 대체로 긍정의 언어가 담겨 있습니다. '대체로'라고 말하는 이유는 모진 말을 쏟아 내거나 다툼이 있는 편지도 분명 있을 것이기 때문입니다. 개인적으로는 편지를 받으면 대체로 감동으로 울거나 웃었던 경험이 대부분이라 아주 다행스럽게 생각합니다.

편지를 받으면 편지를 쓴 사람에게 내가 어떤 존재

인지 알게 된다는 점도 편지의 좋은 점 중 하나입니다. 이것은 제게 아주 소중한 부분인데요, 언젠가 가장 가까이에서 저를 지켜봐 온 사람이 보낸 편지에서 생각지도 못했던 제 모습을 발견해 새롭고 신기했던 경험이 있습니다. 이런 경험이 쌓여서 파블로프의 개처럼 '편지'를 받으면 '설렘'이라는 반응이 자연스럽게 따르는 것인지도 모르겠습니다.

편지는 보이지 않는 마음을 선명하게 전달합니다. 평소 감정 표현이 서툰 사람이라면 편지에 기대어 마음을 좀 더 세밀하게 표현할 수 있겠지요. 편지 쓰기가 막막하다고 하는 분들께는, 사람들이 편지에 갖다 대는 잣대가 그리 높지 않다는 말씀을 드리고 싶네요.

편지 가게 글월에는 편지를 쓸 수 있는 자리가 있습니다. 저는 그곳에서 편지 쓰는 사람들의 뒷모습을 자주 봅니다. 그들을 힐끔힐끔 보다 보면 어느새 제 시선이 애정 어린 눈빛으로 바뀌어 있다는 걸 느낍니다. 그리고 사람의 몸은 진실한 마음을 꺼낼 때 등이 굽어지도록 설계된 게 아닐까 상상하게 되지요. 집중한 자세와 골똘히 생각하며 갸우뚱 기울어진 고개. 이 모든 것이 편지 쓰는 장면을 아름답게 만듭니다.

편지는 느립니다. 편지 한 통을 누군가에게 전달하

기까지는 필요한 것도, 준비할 것도 많지요. 적당한 크기의 편지지와 봉투, 지종紙種에 알맞은 필기구, 집중해 쓰기에 적당한 장소 그리고 무엇보다 시간이 있어야 합니다. 사실 편지 한 통, 편지지 한 장을 채우는 데 드는 시간은 20~30분 내외입니다. 책상에 앉아서 쓰는 데 드는 시간은 그리 길지 않죠. 하지만 편지는 막상 쓰기로 마음먹어도 일상의 우선순위에서 자주 밀립니다. 그 짧은 시간을 내기로 마음먹는 것이 늘 가장 어려우니까요. 그러므로 누군가가 내게 편지를 썼다는 건 일상의 모든 일을 뒤로 제쳐 놓고 나를 위한 시간을 내어 주었다는 의미입니다. 그러니 편지를 받으면 자연스럽게 기쁜 얼굴이 되는 것일 거고요. 1시간이든 10분이든 여러 일을 제치고 나를 생각하며 시간을 들여 완성한 무언가를 받는 거라 생각하면, 내용도 읽기 전에 그 마음부터 확 다가옵니다.

마지막으로 편지가 좋은 이유는 편지를 건넨 바로 그 사람만이 줄 수 있는 유일한 것이기 때문입니다. 편지를 많이 쓴다는 사람을 보면 왠지 경외감이 듭니다. 그들의 글은 누구의 글과도 같지 않고, 그들은 누구에게도 같은 글을 쓰지 않습니다. 편지는 받는 상대에 따라 내용이 달라지므로 다른 사람의 것을 그대로 베껴 쓸 수 없고, 오로지 자기만의 언어로 써야 합니다. 서툴러도 내가 한 사람만을 위해 쓴 유일한 글이어야 하지요. 편지의 이런 특별함이 사람들의 마음을 설레게 하는 것일 테고요.

　종종 편지 쓰는 사람을 특별한 시선으로 보는 이들이 있습니다. 감수성이 좀 풍부하다거나 남달리 글쓰는 것을 좋아하는 사람일 거라고 생각하는 것이지요. 글월에서 만난 손님들을 떠올려 보면 꼭 그렇지만은 않습니다. 오히려 정의할 수 없을 만큼 다양했습니다. 정갈한 분위기의 사람, 수줍게 와서 조용히 둘러보고 가는 사람, 호탕한 웃음이 매력적인 사람, 주인장에게 서슴없이 질문을 던지는 사람, 헤드셋을 끼고 본인 분위기에 꼭 맞는 편지지를 골라 가는 사람, 자다가 막 일어나서 급히 나온 것 같은 차림의 사람, 퇴사를 앞두고 동료들에게 쓸 편지지를 고르러 온 사람, 화려하게 염색한 헤어스타일에 절로 시선이 가는 사람⋯⋯. 매일 어제보다 더 다양한 사람들이 저마다 다른 이유로 편지를 쓰고 또 사러 옵니다. 이들에게서 발견한 단 하나의 공통점이 있다면 그건 편지지와 봉투를 고르는 사람들의 눈이라고 말하고 싶어요. 그들의 눈은 하나같이 어느 때보다 편안하고 아름다운 것을 찾는 시선으로 바뀌어 있습니다. 그걸 보면, 편지 쓰는 사람들은 결국 자기 곁의 사람들을 사랑하는 사람이라는 생각이 듭니다.

천천히 온 것은 마음에 더 오래 남습니다. 그런 만큼 우리는 어쩌면 누군가가 자신을 더 오래 기억해 주길 바라며 편지를 찾는 것 같습니다. 편지를 보내는 일은 메일이나 파일을 보내는 것처럼 클릭 한 번으로 완료되지도 사라지지도 않는, 인간의 우아한 전달법입니다. 눈앞에 남는 결과물은 한낱 종이 한 장일지 모르지만, 편지가 전하는 보이지 않는 가치들을 통해 우리는 다양한 감정을 느끼고 발견하며, 그것으로부터 무한한 응원과 위로와 공감을 얻습니다.

〔2〕
편지와 인터뷰

생각해 보면 편지와 인터뷰 사이에는 몇 가지 공통점이 있습니다. 편지에는 보내는 사람과 받는 사람이 있지요. 적어도 한 통이 끝나기까지 보내는 사람은 오로지 받는 사람만을 위한 글을 한 자 한 자 써 내려갑니다. 인터뷰에는 인터뷰어와 인터뷰이가 있지요. 인터뷰가 끝나기까지 인터뷰어는 오로지 인터뷰이만을 향한 질문을 하나하나 던집니다. 차이점은 편지의 경우, 보내는 사람의 글을 읽는 사람 역시 오로지 받는 사람 한 명이지만, 인터뷰는 인터뷰이를 포함한 수많은 이가 인터뷰어의 글을 읽게 된다는 것이지요.

편지 가게를 열기 전 저는, 막연하지만 누군가가 시

키지 않아도 즐겁게 할 수 있는 일을 찾고 있었습니다. 이전까지 직장에서 경험한 일 가운데는 인터뷰가 그런 일이었습니다. 하지만 인터뷰가 정말 제 적성인지, 평생의 진로로 삼아도 될 일인지 알아보려면 확인이 필요했습니다. 고민 끝에 인터뷰를 위한 저만의 공간을 가져보기로 결심했습니다. 일생에서 가장 큰 도전이었지요. 번화가 한가운데가 아니어도 아담하고 이야기 나누기 좋은 공간, 그렇게 지금의 연희동 글월 자리를 찾고, 생애 첫 임대차 계약까지 마쳤습니다.

아마 의아해할 분이 많을 겁니다.

'인터뷰 공간이 대체 뭐야? 인터뷰랑 편지는 또 무슨 관계고.'

간단히 말씀드리면, 인터뷰 공간은 인터뷰어인 제가 인터뷰이를 불러 이야기를 나누는 공간입니다. 편지는 인터뷰어인 제가 인터뷰이를 위해 그날 나눈 대화 내용을 읽기 좋게 정리한 결과물이고요. 통상의 인터뷰라면 인터뷰이를 섭외하는 것부터 인터뷰이와 주고받은 대화를 정리해 글 한 편을 완성해 내는 데까지가 인터뷰어의 역할입니다. 하지만 글월에서 제가 만난 인터뷰이는 불특정 다수의 독자에게 소개할 목적으로 섭외한 이들이 아니었습니다. 특정 매체에 게재할 목적으로 인터뷰를 하지도 않았고요. 반드시 결과물을 내야 한다는 의무도 따라붙지 않았습니다. 하지만 매회 특별했던 시간을 인터뷰이라는 한 명의 독자를 위해서라도 정리해 보고 싶었고, 거기까지가 제 역할이라고 생각했습니다. 오롯이 한 사람만을 위한 글, 편지는 사실 제 인터뷰를 전할 일종의 콘셉트였습니다.

하지만 제 적성을 확인해 보려 꾸린 '이야기를 위한 공간'은 순식간에 '편지 가게'로 탈바꿈했습니다. 휑한 벽을, 공간의 콘셉트에 맞는 무언가로 그저 채우려고 진열해 둔 편지지에, 손님들의 관심이 집중됐기 때문입니다. 공간에 놀러 온 사람들이 글월을 '편지 가게'라고 부르기 시작했습니다. 편지 '서비스'를 시작해 보려 했던 처음 의도와는 달리 사람들은 편지 '가게'로 하나둘 모여들었습니다.

그때만 해도 이 편지 가게가 사람들에게 어떤 의미로 다가가는지 짐작하지 못했습니다. 하지만 제가 모르는 사이에도 입소문은 꾸준히 퍼졌습니다. "있잖아, 편지 가게가 있대!" "그래? 흥미로운데? 가 볼까?" 하며 찾아오는 식이었습니다. '편지 가게'라는 네 글자가 이런 힘이 있는 줄도, 이렇게 많은 이들을 움직인다는 것도 그때는 미처 몰랐습니다. 손님들은 마치 오래전부터 편지 가게를 기다려 온 사람마냥 간판도 없는 허름한 건물 4층으로 알음알음 찾아왔습니다. 돌이켜보면 그분들께 편지 가게는 아마도 저마다의 상상을 불러일으키는 장소였던 것 같습니다.

대체 무슨 일이 벌어진 건가 싶은 날들이 계속 이어졌습니다. 발길 닿는 곳에 이런 작은 편지 가게가 있어 느끼는 감동과 기쁨을 편지로 전하고 돌아간 분도 계셨지요. 공간을 구상할 때조차 그려 본 적 없는 일이었습니다. 제대로 운영해 수익을 내겠다거나 잘돼서 2년 후에는 더 큰 곳으로 확장할 거란 의지로 치밀하게 계획하고 연 가게가 아니었기 때문이기도 할 겁니다. 요즘 같은 때 편지 가게를 열어 돈을 번다니, 저뿐 아니라 제 주변 사람들도 '글쎄…… 편지로 사업을 한다?' 하며 의문을 가졌죠. 하지만 일면식도 없는 사람들이 꾸준히 가게를 찾아오는 것을 보며 알았습니다. 요즘 세상에 편지 가게는 유일무이하며 신기하고도 특별한 공간이라는 것을요. 누군가는 이런 가게를 한 번쯤 꿈꾸었고, 편지를 찾는 사람들과 한 공간에 있는 자신의 모습을 상상해 보았다는 것도요.

별다른 홍보를 하지 않았지만 사람들은 이후로도 꾸준히 가게를 찾아왔습니다. 긴 줄을 세울 만큼은 아니었지만 거뜬히 가게 구실을 했고, 사람들이 물건을 사며, 사는 물건에 대해 이야기를 나누는 공간이 되어 갔습니다. 예상하지도 의도하지도 않았지만 내가 원해서 시작한 일이 누군가에게 의미 있는 일이 되었다는 사실에 저는 조금 신이 났습니다. 누군가에게 즐거움을 주는 건 실로 대단한 일이니까요.

편지와 썩 가깝지 않았던 저는 편지와 꽤 가까워졌습니다. 편지 가게를 운영하며 알게 된 것도 점점 쌓였지요. 편지 가게에 찾아온 손님들이 제게 편지에 관한 다양한 이야기를 건네고 갔으니까요. 이제까지 살면서 주고받은 수많은 편지 이야기, 좋아하는 질감과 모양의 편지지와 봉투, 외국 우체국에 들렀던 일화, 구독하고 있는 편지 서비스, 연희동 편지 가게 글월에서 산 편지로 시도 중인 편지 100통 쓰기 프로젝트 등. 편지로 사람들과 이렇게나 끊임없이 대화할 수 있다는 점이 사실 아직도 조금 신기합니다.

편지를 둘러싼 이야기가 어찌나 많은지 손님들 앞에 서면 저는 보통 이야기를 듣는 편입니다. 그러다 궁금한 점이 생기면 몇 가지 질문을 하기도 하지요. 손님들이 알려 주는 편지 관련 정보는 놓치지 않고 메모해 둡니다. 짬이 날 때마다 메모해 둔 걸 검색하면서 새로운 제품의 아이디어를 얻기도 하고, 또 다른 서비스를 구상하는 데 도움을 얻기도 합니다. 손님들과 돈독해질 수록 가게는 조금씩 더 단단해졌습니다.

오늘도 저는 편지 가게 안에서 편지를 둘러싼 새로운 이야기를 맞을 준비를 합니다. 사업 초짜에 가게 운영도 처음이었던 제가 이곳을 유지하려고 얼마나 정신을 다잡았던지요. 모든 일을 혼자 하려니 시간과 손은 늘 모자랐습니다.

편지 가게 글월이 문 여는 시간은 오후 1시, 하지만 매일 아침 일과는 오전 10시부터 시작됩니다. 가게의 공간으로 햇살이 깊숙이 들어오는 9시부터 11시 반 사이가 촬영하기 가장 좋은 시간이거든요. 동향 건물의 이점을 살려 하루 중 가장 좋아 보이는 때, 자연광을 활용해 공간과 제품을 촬영합니다. 촬영이 끝나면 잠시 휴식을 겸해 커피 한 잔을 마시고 기운을 내 가게 청소를 시작합니다. 그날의 음악을 골라 틀고 바닥과 선반, 수납장의 먼지를 말끔히 닦아 냅니다. 글월을 지키는 네 개의 반려 식물을 가꾸고, 편지 쓰는 손님이 머무는 테이블 위에 항상 놓아두는 생화도 관리합니다. 점심을 간단히 먹으며 SNS에 업로드할 사진을 고르고 함께 올릴 글까지 쓰고 나면 얼추 1시. 드디어 가게 문을 엽니다. 손님 응대와 온라인 스토어 관리, 택배 포장과 발송 업무를 반복하다 보면 서너 시간이 훌쩍 지나 있습니다. 4~5시쯤 배송 기사님이 다녀가시고 나면, 오전에 찍은 사진과 글을 다시 한 번 살피며 어색하거나 부족한 부분을 보충해 SNS에 업로드합니다. 그리고 한두 시간 더 가게를 지키다 보면 어느새 문 닫을 시간입니다. 저녁 7시, 가게 문을 닫고 저녁을 먹고 나면 그제서야 메일함을 열어 볼 시간이 생깁니다. 새로운 제품을 구경하거나 구상하고, 다녀간 손님들이 블로그나 SNS, 유튜브에 올린 게시물과 온라인 스토어 리뷰 등을 살피며 온라인 업무를 봅니다. 이 모든 일이 저의 일과이고 편지 가게의 업무입니다. 이런 일들은 물론, 손님들이 남기고 간 그날의 대화와 쪽지, 수시로 해 둔 메모들이 모두 그날그날의 업무이자 공부거리이고요.

매일 새롭게 얻은 내용을 검색해 보면서 알게 됩니다. 아, 세상에 편지와 관련된 일이 이렇게나 많구나. 편지는 정말 오랜 시간 우리 일상에 묵묵히 존재하며 수많은 사람에게 세세한 영향을 끼쳐 왔구나. 누군가를 위로하고 누군가를 살고 싶게 하고 누군가를 기쁘게 하는 게 편지구나.

편지의 가치와 의미를 알면 알수록 돌아나올 수 없

는 길로 들어선 것만 같은 기분을 느낍니다. 제 인생에서는 도전이었고, 그 도전을 위해 시험 삼아 공간을 꾸렸지만, 이곳이 누군가에게 꼭 필요한 곳이 되었다는 믿음을 갖게 되기도 했습니다. 사람들이 찾는 공간, 사람들을 기쁘게 하는 공간, 사람들에게 필요한 것을 주는 공간을 만들고 있다는 마음으로 저는 오늘도 편지 가게를 지키고 편지에 관한 이야기를 모으고 있습니다.

{ 3 }
편지 쓰기 좋은 시간

가게 문을 매일 열지 않고, 방문 예약을 받아 손님을 맞던 때였습니다. 어느 수요일 저녁 6시, 해는 뉘엿뉘엿 지고, 공간의 분위기는 낮보다 조금 더 차분해졌습니다. 글월에는 가게를 연 때부터 꾸준히 찾아와 편지를 쓰고 가는 손님이 있습니다. 말하기를 좋아하지만 수줍음이 많고, 적극적인 사람 같아도 실은 그렇지 않은 매력적인 성격의 손님은 들어오면 가장 먼저 제 안부를 묻곤 했습니다. 5분에서 10분가량 손님과 나누는 짧은 대화는 가끔 편지의 서문 같이 느껴졌지요. 대화가 끝나면 손님은 본래의 목적으로 돌아가 편지지와 봉투를 고릅니다. 그 사이 저는 펜과 스티커를 담은 트레이를 준비해 손님께

가져다드립니다. 그날도 손님은 망설임 없이 첫 문장을 쓰고 순식간에 편지 쓰기에 몰입했습니다. 적막한 공간이 펜이 사각거리는 소리와 음악으로 가득 찼습니다. 빈 편지지 두 장을 거뜬히 가득 채운 손님은 편지를 마무리하며 고개를 들어 저를 찾았습니다. 얼마 전 좋은 일이 있었는데, 편지 가게와도 관련 있는 일이라고요. 커다란 컴퓨터 모니터 뒤에 앉아 있던 저는 얼굴을 내밀며 슬쩍 일어나 손님에게로 다가갔습니다.

손님은 꽤 오랫동안 소리꾼 이자람 씨를 좋아했다고 합니다. 종종 서울 상수동의 '제비다방'에서 이자람 씨의 공연이 열리는데, 하루는 혼자서 그 공연을 보러 갔다고 했죠. 관객들 사이에서 문득 이자람 씨에게 편지를 쓰고 싶다는 마음이 들었답니다. 한창 공연을 보다가 그런 마음이 어떻게 생긴 건지, 궁금해서 물어보려다가 성급하게 이야기를 끊게 될까 봐 꾹 참고 이야기를 끝까지 들었습니다. 아마 공연장 분위기가 한가운데 앉아서도 편지를 쓸 수 있을 정도로 자유로웠던 것 같습니다. 마침 가방에 편지지와 봉투가 있었고, 마음 가는 대로 꺼내 공연을 보면서 편지를 썼다고 해요. 왠지 글월에서 봐 왔던 모습처럼 첫 문장부터 쭉 물 흐르듯 써 내려갔겠다 싶었습니다. 공연이 끝나고 편지를 봉투에 넣어 이자람 씨에게 건넸고, 그것만으로도 벅찼다며 그날의 마음을 묘사했습니다. 그런데 다음 날, 이자람 씨 트위터에서 그 봉투를 다시 보게 되었답니다. "편지 감사해요"라는 짧은 메시지와 함께 받은 편지 사진을 올려 주었다고요. 봉투에 글월 스티커가 붙은 사진이 올라와 있는 걸 제게 보여 주었습니다. 예상치 못한 곳에서 글월의 편지가 누군가에게 전해지는 일은 늘 신기하고 기쁜 일입니다. 이야기 끝에 제가 물었지요.

"어째 가방에 편지지가 있었네요?"

마침 가방에 편지지가 있었다고 하기에는 그 '마침'이 도무지 이해되지 않았거든요. 그 자리에서 편지를 쓰고 싶다는 생각을 한 것도 비범해 보였습니다. 그러자 손님은 자신은 평소에도 가방에 편지지나 엽서 몇 통을 챙겨 다닌다고 이야기했습니다. 이유가 무어냐 물으니 "혹시 몰라서"라며 멋쩍게 웃으셨는데, 편지 쓰기를 좋아한다고 말하는 건 저런 준비부터 시작되는 것이구나 싶었습니다. 아무래도 습관처럼 종이와 봉투를 챙겨 두면 편지 쓰는 일이 지금보다 더 자연스럽게 생길 테니까요. 그날 손님의 이야기를 듣고 '편지는 아무 때나 쓰는 거다'라는 생각이 들었습니다. 물론 생일, 기념일, 연초와 연말, 어린이날과 어버이날과 스승의날, 크리스마스,

졸업, 입사와 퇴사 등 특별한 날에 편지로 마음을 전하는 것도 어울리지만 편지는 '문득', '그냥'이라는 단어가 붙을 때 가장 어울리는 것도 같습니다.

마침, 문득, 그냥이 아니라면

누군가는 늦은 저녁 시간에 편지 쓰기를 즐깁니다. 이른 새벽이나 아침에 편지 쓰기를 즐기는 사람도 있겠지요. 한번은 편지를 쓸 때 특별히 선호하는 시간이 있느냐는 질문을 받은 적이 있습니다. 저는 낮이든 밤이든 딱히 선호하는 시간이 있지는 않습니다.

문득 궁금했지요. 우리가 익히 알고 있는 사람들은 주로 어느 시간대에 편지 쓰기를 즐겼을까요. 문인과 예술가들이 쓴 편지 중에서 편지 쓴 시간이 언급된 부분을 한번 찾아보기로 했습니다. 과연 특별히 편지 쓰기를 즐긴 시간이 있을까, 편지 쓰기에 루틴이 있는 사람도 있었을까, 하면서요.

① 화가 김환기

김환기 에세이 『어디서 무엇이 되어 다시 만나랴』(환기미술관, 2005)에 실린 「파리에 보내는 편지 – 중업 형에게」에서는 밤 시간, 건축가 김중업에게 편지를 쓰는 그의 모습을 만날 수 있습니다.

"꿈에나 가 볼 수 있는 파리를 형은 갔구려. 그럼 건강하시기 바랍니다. 1953년 5월 6일 밤"

아내 김향안에게 보낸 편지에서는 오전 시간에 편지를 쓰는 그의 모습을 떠올려 볼 수 있지요.

"7월 29일. 오늘도 비가 오락가락 날이 이러면 제작을 시작하고 싶지도 않고, 조반 후 지금 아이 시켜 중앙국에 편지 넣으러 보냈고, 방 안을 약간 정리하고 남녘 창문지방에 책상을 놓고 지금 편지를 쓰오."

② 시인 피천득

피천득 수필집 『인연』(샘터, 1996)에 수록된 「파리에 붙인 편지」에서 그는 깜깜한 한밤중에 편지를 씁니다.

"지금 여기는 밤 열한 시. 그곳은 오후 세 시쯤 될 것입니다. 이 순간에 그대는 화실 캔버스 앞에 앉아 계실 것입니다. 아니면 튀율르리 공원을 산책하고 있을 것입니다."

③ 작가 겸 평론가 롤랑 바르트

롤랑 바르트의 편지와 미간행 원고 등을 모은 『바르트의 편지들』(2020, 글항아리)에서 만난 그의 편지 구절에는 평화로운 오후의 시간이 담겨 있습니다.

> "지금 아주 전망이 좋은 테라스에서 이 편지를 쓰고 있어. 화창한 날씨야. 오늘 일요일 오후처럼 평온한 광경은 보지 못했어."
>
> "방금 자네에게 전화를 했어. 이곳은 오후 세 시인데, 오후의 그 기분 좋은 정적이 느껴져. 집안 소음도 전혀 들리지 않고, 길에는 꼬맹이 한 명도 보이지 않아. 덧문 뒤로는 햇볕이 내리쬐고, 나의 작업 공간이 기다리고 있어."

④ 철학자 로자 룩셈부르크

김미월 산문집 『내가 사랑한 여자』(유유, 2013)에 수록된 로자 룩셈부르크의 편지 대목입니다.

> "밤중에 남편에게 이런 편지를 쓰는 것은 얼마나 낭만적인 공상으로 보일까요? 내 사랑이여, 전 세계가 비웃어도 상관없어요. 그러나 당신만은 비웃지 말아 주세

요. 당신만은 이 편지를 진지하게, 온 마음으로, 감동적으로 읽어 주세요."

⑤ 소설가 박완서

강인숙의 『편지로 읽는 슬픔과 기쁨』(마음산책, 2011)에서는 박완서 작가가 이해인 수녀께 아침에 쓴 편지의 일부를 만날 수 있습니다. 전날과 그 전날의 저녁도 공유하고 있는 듯하지만요.

"오늘 아침 8시에 눈을 뜨고 이 편지를 씁니다. 어제 행사 후 일행들과 술을 마신다는 게 새벽 두 시까지 마셨으니 이틀에 걸친 과음을 한 셈입니다."

조반 후, 밤 열한 시, 일요일 오후, 오후 세 시, 밤 중……. 저마다 다른 시간에 편지를 씁니다. 하긴 편지를 쓰는 시간을 정해 놓는 게 어쩌면 더 희한한 일이겠지요. 그럼에도 제가 살펴본 바로는 대체로 저녁 시간이나 한밤에 편지를 쓰는 경우가 조금 더 많은 듯합니다. 김환기 화백의 "조반 이후"라는 아침 시간이 두드러져 보일 만큼요. 왜 그럴까 생각해 보면 특별히 편지가 잘 써지는 시간이 있다면 그것은 오롯이 혼자 있는 시간이며,

그 시간이 보통은 저녁이나 한밤이기 때문인 듯합니다.

물론 저희 편지 가게에서 편지를 쓰는 사람들은 보통 낮에 편지를 쓰고 갑니다. 저녁에는 가게 문을 닫기 때문이기도 하지만, 친구 혹은 지인을 만나기 전에 바로 편지를 써 가려는 사람들이 많거든요. 한낮의 밝은 공간에서도 손님들은 금세 몰입해 편지를 써 내려갑니다.

{ 4 }
편지의 첫 줄 쓰기

글을 쓸 때 첫 문장이 중요하다는 이야기는 어디서건 한 번쯤 들어 보셨을 겁니다. 그런데 돌아보면 편지를 쓰면서 첫 문장을 어떻게 써야 할지 고민한 적은 많지 않았던 것 같아요. 편지도 일종의 글인데 말이지요. 왜 그런가 생각해 보니 편지에는 항상 내가 잘 아는 '독자'가 있었습니다. 나의 글, 즉 편지를 읽어 줄 사람이 분명하니 어떤 말로 이야기를 시작할지 첫 문장을 쓰는 부담이 덜한 것 같습니다. 이야기가 좀 두서없어도, 흥미나 재미로 치장하지 않아도 우리에겐 진심이 담긴 편지를 착하게 읽어 줄 이가 있습니다. 그러므로 어떤 문장으로 시작할 것인지 많은 시간을 들여 고민하지 않아도 됩니다. 그보다는 좀 단순하고 가벼운 인사말이더라도 '일단 시작'하는 것이 중요합니다. 주로는 인사말로 시작하는 것이 전형적이지만 이번 편지만큼은 다르게 쓰고 싶다면 아래 내용을 참고해 보는 것도 도움이 될 것입니다. 이번에도 작가들의 편지 첫머리를 살펴볼까요?

날씨를 소재로 한 첫 문장
"여기도 이삼일 전부터 조금씩 더워지기 시작했습니다. 그쪽은 어떻습니까?"

일본의 소설가 다자이 오사무가 작가 이부세 마스지에게 보내는 편지의 첫 문장입니다. 다자이 오사무는 계절의 변화를 화제로 편지글을 시작했습니다. 그러곤 상대가 있는 곳의 날씨가 어떠한지 물어봅니다. 이것으로 보아 둘은 서로 다른 지역에 살고 있다는 점을 짐작할 수 있습니다. 같은 지역에 살면서 날씨를 묻는 일은 아무래도 없을 테니까요. 편지를 받는 사람과 사는 곳의 거리가 멀다면 "그곳의 날씨는 어떻습니까?" 하고 날씨로 인사말을 건네 보는 게 어떨까요?

날씨 이야기를 시작으로 쓴 또 다른 편지글을 예로 들어 보겠습니다. 김환기 화백이 딸 영숙에게 보내는 편지의 첫 문장입니다.

"보고 싶은 영숙아, 오늘은 해가 나고 날이 풀릴 것 같다. 요즘 파리는 연속 비만 뿌리고 음산하기만 했다."

김환기 화백이 파리에서 유학 생활을 하던 시절에 쓴 것으로 아버지의 소식을 궁금해할 딸에게 소식을 전하며 보고 싶은 마음을 담은 편지입니다. 이어지는 내용은 파리 생활의 소회를 전하고 있습니다. 긴 이야기를 풀어놓기 전 김환기 화백은 파리의 날씨 이야기를 합니다. 습한 날씨로 편치 않게 지냈을 화가의 생활을 가늠해 보며 딱하기도 하고, 날이 풀린다는 말에 안심하기도 합니다. 이처럼 '오늘의 날씨' 이야기로 편지글을 시작할 수 있습니다. 어제와 오늘, 하루 사이의 변화된 날씨를 떠올려 보거나, 한 계절의 변화 혹은 각별히 내가 느끼는 날씨와 온도를 살펴볼 수도 있습니다. 맑으면 맑은 대로, 궂으면 궂은 대로, 하나 특별할 것 없이 평범한 날이어도 자기만의 날씨를 묘사할 수 있습니다. 편지를 쓰며 오늘의 날씨를 옮겨 봅니다. 이 글을 적고 있는 지금, 가까운 친구에게 편지를 쓴다면 이렇게 시작할 것 같습니다. "우리가 좋아하는 계절 가을이 왔다. 아침 기운이

선선해서 가볍게 두를 남방셔츠를 챙겨 집을 나서야 할 것 같아."

함께 보낸 시간을 소재로 한 첫 문장
추억에 기대어 써 볼 수도 있습니다.

"지난가을 서울에 들렀을 때 인석 씨 식구들과 보낸 저녁은 참으로 정갈하고 따뜻했습니다."

허수경 시인이 소설가 주인석 작가에게 쓴 편지의 첫 문장입니다. 함께 보낸 저녁 식사 시간을 떠올리는 것을 보니 그날이 좋은 기억으로 남았나 봅니다. 이렇듯 편지를 받을 이와 보냈던 좋은 시간을 떠올리며 그날의 추억으로 편지글을 시작해도 좋을 듯합니다. 추억이 담긴 또 다른 편지 속 첫 문장을 살펴볼까요?

"부산서 너를 만날 적에 네 얼굴이 해쓱해서 걱정이다. 집에 와서 그 말을 했더니 엄마가 앉으면 네 말뿐이다."

김상옥 시인이 딸 훈정에게 보낸 편지입니다.
함께 나눈 추억이 있는지 생각해 봅시다. 함께한 추

억이 많다면 꺼낼 수 있는 이야기도 제법 많겠죠. 그렇다면 그 추억을, 구체적인 상황을 떠올려 써 보는 겁니다. 어떤 장소에서 어떤 사람들과 무엇을 했는지 그리고 그 기억이 어떻게 남았는지 말이죠. 더욱 쉽게 예를 들자면 이런 겁니다. "너, 그때 기억나? 우리 태안 바닷가에서 노을 보던 때, 우리 그때 셔터 소리 가득하도록 사진 찍었는데 말이야" 하는 것처럼 말이지요. 추억에 기대어 쓰는 게 어떤 느낌인지 감이 오나요? 그렇다면 그것을 그대로 옮겨 편지를 쓰기 시작하면 됩니다.

상대방의 상황을 소재로 한 첫 문장

머리 혹은 마음속에 담겨 있던 상대방과의 대화로 편지를 시작하는 것도 방법입니다. 피천득 시인이 딸 서영에게 쓴 편지의 첫 문장입니다.

> "'책 볼 기운이 없어 빨래를 하며 집 생각을 하고 있었어' 하는 가벼운 하소연, 그러나 너의 낭랑한 전화 목소리는 아빠의 가슴에 단비를 퍼부었다."

이 문장이 편지의 첫 문장인 걸 미뤄 보아 시인은 평소 딸의 말을 유심히 듣고 기억해 두는 아빠였던 것 같습니다. "가벼운 하소연"이라고 표현했지만 그 말을 기억하고 있는 시인의 섬세함이 느껴지는 대목인 거죠. 누군가 생각하면 떠오르는 말이 있습니다. 그것이 정말 가벼운 하소연이나 아주 평범한 말이었어도 마음에 남아 문득 떠오르는 말들. 그동안 우리는 어떤 얘기를 나눴을까, 나에게 무슨 말을 해 주었지, 하고 생각해 보는 겁니다. 과거를 거슬러 무심히 한 말을 걸러 내는 일. 그것이 편지글을 시작하는 하나의 방법이 될 수 있습니다.

현재를 소재로 한 첫 문장

현재 자신의 상태를 그대로 옮기며 시작해도 좋습니다. "잠이 오지 않아 편지를 쓴다." 친구에게 받은 편지의 첫 문장입니다. 둘이서 저녁 식사를 하고 헤어진 후, 늦은 밤 제게 편지를 썼나 봅니다. 밤늦도록 잠이 오지 않은 이유에 관해 쓰여 있었어요. 그날 전 식사 자리에서 친구와 인간 관계에 관한 얘기를 나누다가 마음 아팠던 일에 관해서도 이야기하게 되었습니다. 이야기를 들어준 것만으로도 큰 위로가 된 날이었는데, 마음을 담아 편지를 써 준 친구에게 큰 감동을 받았지요. 어떤 마음으로 편지를 썼는지 알았기에 첫 문장부터 울림이 컸습니다.

'잠이 오지 않아서' '생각의 정리가 필요해서' '하고 싶은 말이 있어서' 등 편지를 쓰는 저마다의 이유가 있을 겁니다. 그 이유를 빌려 "편지를 쓴다" 하고 말을 꺼내며 있는 그대로 쓰는 것, 담백하면서도 솔직한 편지의 시작법입니다.

일화를 소재로 한 첫 문장

"잉크를 선물 받은 적이 있습니다" 『그대는 할 말을 어디에 두고 왔는가』(난다, 2018)

내가 겪은 어떤 일화로 편지를 시작하는 방법도 있습니다. 이 글은 허수경 시인이 돌아가신 후, 박준 시인이 존경하던 선배를 그리며 편지글 형식으로 쓴 산문입니다. 시인은 지인에게 선물 받은 잉크 얘기로 글을 시작하고 있죠. 이어서 허수경 시인에게 보낸 돌절구 이야기를 꺼내 놓으며 하고 싶은 말을 편지에 적습니다. 마음을 바로 표현하기 낯간지럽다면 겪었던 일화를 떠올리며 하고 싶은 말을 에둘러 하는 것도 좋은 방법입니다. 물론 처음 시작을 에둘러 해 보자는 것이지 내용 전체를 에둘러 쓰라는 뜻은 아니니 잘 조절해서 시작해 봅시다.

"어제 전우익 선생님과 함께 춘산에 계시는 김영원 장로님 댁에 다녀왔습니다."『선생님, 요즘은 어떠하십니까』(양철북, 2015)

이오덕 선생과 권정생 작가가 주고받은 편지글의 첫 문장입니다. 함께 아는 사람의 이야기를 꺼내 봐도 좋고 편지를 보내기 전 직접 겪은 일을 꺼내 놓아도 좋을 겁니다.

위트를 이용한 첫 문장

위트 있는 말로 편지를 시작해 봐도 좋을 것 같습니다.

"왜 편지를 안 쓰는 거야. 이 게으름뱅이!"

미국의 소설가 존 치버는 훗날 아내가 된 윈터니츠를 "게으름뱅이"라고 부르며 답장을 재촉했습니다. 피식 웃음이 나지 않나요? '단편소설의 거장'이자 '최고의 문장가'로 꼽히는 존 치버가 연인의 답장을 독촉하며 귀여운 위트를 발휘한 것이요. 연애 시절에는 상대의 편지를 기다리는 일조차 꽤나 특별한 일이니 존 치버의 마음을 알 것도 같습니다. 이렇게 짓궂지 않은 방식으로 상

대를 재촉하거나 가벼운 유머나 위트를 던지며 편지를
시작하면 어떨까요? 편지를 받은 이가 기분 좋게 웃으
며 당신의 이야기를 읽기 시작할 테니까요.

　　빈 종이를 앞에 두고 어떤 말로 편지를 시작해야할
지 몰라 곤란해하는 분들이 있다면, 이렇게 날씨, 추억,
일화, 위트를 떠올려 첫 문장 써 보기를 제안합니다. 편
지 쓰기가 훨씬 수월해질 거예요. 쓰고 싶은 말이 확 늘
어나 버릴지도 모르고요.

{ 5 }
편지 채우기

첫 문장을 해결했다면, 이제 편지 쓰기의 순서와 흐름을 이야기해 보려 합니다. 편지 쓰기가 어렵다면 편지 한 통에 들어갈 내용을 조목조목 나누고, 각 항목을 채울 요소를 각각 찾아보는 겁니다. 항목당 한두 문장씩만 써 보아도 편지지 한 장이 금세 채워질 테니 편지 쓰는 부담감을 덜 수 있을 거예요. 아홉 가지 항목으로 나누었는데 이 항목을 순서대로 모두 채워도 좋고 몇 가지만 골라 채워 넣어도 좋습니다. 이야기의 흐름에 따라 순서를 바꿔 가며 채우다 보면 어느새 자신에게 어울리는 글이 든 편지 한 통을 완성하게 될 거예요. 우선 편지 한 통을 함께 살펴보겠습니다. 편지 채우기를 설명하기 위해 제가 예시로 써 본 편지입니다.

지인에게

안녕, 지인아
잘 지내고 있어?
여기는 런던의 한 카페야. 길거리에 있는 기념품 가게
에 들렀는데 네 생각이 나서 엽서를 하나 샀어. 이 편지
를 읽을 때쯤 넌 어디에 있을까? 네가 골라 준 펜으로
편지를 써. 정말 탁월한 펜이다. 문구에 해박한 너와 돌
아다니면 시간 가는 줄 모르고 얘기를 듣지. 난 그 얘기
를 듣기만 해도 참 재밌었어. 작고 단단한 것을 좋아하
는 게 취미마저 너를 닮았다. 어쩜 취미도 저 같은 것으
로 정했니?
(……)
그럼 안녕히!
추신, 이번 해 겨울 간식 한 봉지는 내가 책임진다.

2010년 10월 17일 7:46 p.m.

① 이름

○○에게

편지를 쓸 때는 '○○에게' '○○님께' 혹은 'to. ○○' 하고 편지를 받는 사람을 가장 먼저 지칭해 불러 줍니다. 이름을 쓰는 건 '○○아, 이제 나 편지 쓴다!' 하는 공표와도 같습니다. 너무 쉽죠. 금세 한 줄이 채워질 겁니다.

수신인을 부르는 방법에는 여러 가지가 있습니다. 우선 '○○에게'가 있겠죠. 그 앞에 수식을 붙일 수도 있습니다. '친애하는 ○○에게' '그리운 ○○에게' '보고 싶은 ○○에게' '사랑하는 ○○에게' 등과 같이요. 아주 담백하게 이름을 부르는 방법도 있습니다. '○○' '○○아' '○○ 님께'처럼요. 일본의 그림책 작가이자 에세이스트인 사노 요코가 "친애하는 미스터 최" 최정호 교수에게 보냈던 많은 편지를 『친애하는 미스터 최』(남해의봄날, 2019)에서 만나볼 수 있는데요, 사노 요코는 미스터 최를 호칭하며 정말 다양한 수식어를 붙입니다. "친애하는, 외설스런 벗이여" "친애하는, 절교한 벗이여" 등등. 그 다양한 첫 줄 중에는 아무런 형용사도 없이, 그냥 "최정호 님" 하고 호칭한 경우도 있습니다. 이처럼 불쑥 떠오르는 대수롭지 않은 생각을 이름 앞에 쓰는 것도 재밌는 방법입니다.

저는 편지를 쓸 때 이름을 많이 씁니다. 말로 부르는 이름과 글로 쓰는 이름은 사뭇 다른 느낌을 내거든요. 목소리로 불리는 내 이름보다 다른 이가 써 준 내 이름이 더 특별하게 느껴질 때가 있습니다. 그렇지 않더라도 이름은, 자주 부르는 것만으로도 친근하고 따뜻해지고요. 편지에 적힌 내 이름을 보면, '아, 이건 여러 사람에게 보내는 단체 편지가 아니라 내가 유일한 수신자구나' 하는 생각이 들기도 합니다. 시작부터 마지막까지 이름을 곳곳에 쓰세요. 이름은 딱딱한 분위기를 풀어 주는 편지의 좋은 요소입니다.

②첫 번째 인사

"안녕?"

첫 문장을 쉽게 쓰는 가장 좋은 방법은 "안녕" 하고 인사를 건네는 겁니다. 편지 속에서 글로 쓰는 인사는 무엇이 다를까요? 직접 볼 수 없으니 손을 흔들거나 목소리를 내거나 표정으로 보일 수 없다는 점이 다릅니다. 그러니 그런 보이지 않는 행동을 글로 적어 보는 것도 방법일 겁니다. 이때 괄호를 써 보는 겁니다. '(손을 크게 흔들며) 안녕?' '(수줍게 손을 들고) 안녕하세요?' 같은 식으로요. 외국어로 인사를 건네 보는 것도 한 방법입니다. 제 친구 한 명은 '여보세요'를 뜻하는 프랑스 말 '알로allo?'를 본인의 시그니처로 삼기도 했습니다. 그 친구는 편지뿐만 아니라 통화를 하거나, 만나서 인사할 때도 유머러스하게 프랑스어 인사를 합니다. 한글로 발음 그대로 쓴 인사라도 외국어로 인사를 받으면 편지가 사뭇 다른 분위기로 느껴지기도 합니다. 조금 더 개성 있는 편지의 시작 같다고 할까요? 편지의 첫인사로 무엇이 좋을지 떠올려 보세요. '안녕?' '반갑습니다' '봉주르?' 등 평소 본인이 사람들에게 건네는 인사를 떠올려 봐도 좋겠습니다.

③ 안부

"잘 지냈니? 우리가 자주 보는 사이라도 편지를 쓰는 건 참 오랜만이다. 그간 별일은 없고?"

안부를 묻습니다. 그동안 자주 보지 못한 사이라면 안부를 묻는 게 더욱 자연스럽겠죠. 물론 엊그제 본 사이라도 안부를 묻는 건 그리 이상한 일이 아닙니다. 워

낙 가까워서 안부 묻는 게 유난히 낯간지럽게 느껴진다면 물론 생략할 수도 있지만요. 서로의 안부를 전하는 일이야말로 편지의 기본입니다.

④ 장소와 때

"여긴 런던의 한낮이야. 지금 시간이 2시 45분이네. 초가을 런던의 한낮은 쓸쓸한 느낌이 많아. 지금 나는 한 카페에 들어와서 따뜻한 커피를 시켰어."

쓰는 장소와 시간을 묘사합니다. 이는 편지를 쓰는 사람보다 받는 사람에게 효과적인 요소이지요. 받는 사람이 편지를 좀 더 생생히 느끼도록 돕는 문장이 될 것입니다. 어디서, 어느 때 편지를 쓰고 있는지 세세하게 묘사할수록 편지는 더욱 활기차지지요. 어떤 순간에 펜을 들었는지 알리는 것만으로도 몹시 흥미로운 편지가 됩니다. 먼 곳으로 여행을 떠나 오랫동안 보지 못한 그리운 친구 혹은 가족에게 편지를 보낸다고 가정해 봅시다. 여행길에서 쓴 편지에는 체류 국가, 장소 및 시간 등을 자연스럽게 적게 됩니다. 평소와 다른 환경과 장소에서 편지를 쓰면, 그것만으로도 특별한 일이 되기 때문입니다. 그런 특별한 장소가 아니라 일상의 장소더라도 편지를 쓰는 현재 자신의 상태를 전달해 보면 어떨까요? 마치 관찰력 좋은 소설가가 된 것처럼 편지에 상황을 묘사해 보는 겁니다. 책상에 앉기 전에 어떤 행동을 했는지, 현재 시각은 몇 시인지, 집에서 편지를 쓰고 있는지 혹은 다른 장소에서 편지를 쓰고 있는 것인지 하는 것들을 말입니다. 그런 이야기는 편지를 쓰는 사람이 어떤 시간에 어떤 공간에서 자신을 생각하며 편지를 쓰고 있는지 편지를 받은 사람의 머릿속에 자연스레 그려지게 하니 그 자체가 읽는 사람에게는 남다르게 느껴질 것입니다.

⑤ 편지 쓴 이유와 하고 싶은 말
"길거리에 있는 기념품 숍에서 엽서를 보다가 네 생각이 나서 편지를 써."

편지를 쓴 이유를 적습니다. 편지를 쓰려고 자리에 앉은 이유가 있을 겁니다. 이유는 저마다 다르겠죠. 아주 사소할 수도 있고 아주 거창할 수도 있습니다. 기쁜 소식을 전하려고 쓰기도 하고, 안부를 전하려고 쓰기도 하고, 혹은 특별한 날을 기념하려고 쓰기도 합니다. 어느 날 '그냥' 편지를 쓰고 싶어졌다면 그마저도 이유가 됩니다. 편지를 건네는 일이 흔치 않은 요즘 같은 시대에 오히려 '그냥 쓴' 편지는 더욱 특별합니다. 멋쩍은 기분이 들어도 한 줄 써 보는 겁니다. '그냥 편지를 쓰고 싶었어' 하고요. 때로는 아주 평범한 진심이 감동을 전하기도 합니다. 이처럼 편지를 쓰게 된 이유를 짧게나마 전달해 보세요. 또 모르죠. 받는 이도 어떤 순간에 당신이 떠올라 같은 이유로 편지를 쓰고 싶어질지도요.

ⓑ 상대의 모습

"이 편지를 읽고 있을 때 넌 어디에 있을까? 네가 골라준 펜으로 편지를 써. 정말 탁월한 펜이다. 문구에 해박한 너와 돌아다니면 시간 가는 줄 모르고 얘기를 듣지. 난 그 얘기를 듣기만 해도 참 재밌었어. 작고 단단한 것을 좋아하는 것으로 너의 성격을 알 수 있기도 했지."

사람들은 다른 사람이 생각하는 자신이 어떤 사람인지 듣기를 좋아합니다. 편지도 마찬가지입니다. 자기 얘기가 많을수록 즐겁게 읽을 수 있습니다. 그런데 막상 편지를 쓰는 입장이 되면 보통은 받는 이의 이야기보다는 자신의 얘기를 늘어놓기 바쁩니다. 자신은 요즘 어떻게 살고 있는지, 어떤 생각에 기쁘고 슬픈지, 어떤 고민이 있는지 하염없이 늘어놓게 되죠. 받는 사람을 청자로 남겨 두지 말고 편지에 참여할 수 있도록 적어 주세요. 길지 않아도 괜찮습니다. 한 문장 혹은 두 문장, 짧아도 됩니다. 어떤 말을 남겨야 할지 순간 막막하다면 내가 좋아하는 친구의 모습을 남겨 보는 겁니다. 순전히 본인의 얘기로만 끝나는 편지 말고요.

⑦ 끝인사
"그럼, 안녕히!"

간단하게 마지막 인사를 남깁니다. 편지에 이런저런 말을 남긴 후 자연스럽게 마무리하고 싶은데 잘되지 않을 때가 있습니다. 앞에 풀어놓은 이야기들이 장황하지는 않을까, 신경 쓰이기도 합니다. 이런 내용을 아우를 수 있는 끝내주는 마무리를 고민하는 시간이 길어지다 결국 '잘 지내고~ 행복한 하루 보내! 그럼, 안녕히!'라고 늘 쓰던 무난한 인사를 남기고 맙니다. 쉽지 않다는 걸 너무도 잘 압니다. 진한 여운을 남기는 일이 어디 쉬운 일인가요. 저 역시 평이한 끝인사로 편지를 자주 마무리하기 때문에 글 쓰는 사람들의 편지를 보면 감탄하게 됩니다.

인상적인 편지 결미로 손꼽는 것은 역시 앞서 언급한 사노 요코의 것입니다. "운이 안 좋아도 상관없고, 행복으로 실신할 것 같은 사노 요코 씨 드림" "댁에 있는 전기담요에게 안부 잘 전해 주세요" 등등. 늘 이렇게 재치 있고 감각적으로 마무리되는 그녀의 편지글을 보면 이 사람과 나의 뇌는 생김새부터 색깔까지 완전히 다른 구조로 만들어져 있을 것만 같다는 생각이 듭니다.

마무리는 항상 어렵지만, 저도 이처럼 뻔하지 않은 마무리로 인사를 하고 싶습니다. 사노 요코의 편지는 모조리 옮겨오고 싶을 정도로 위트 있고 쉽게 읽히는 끝인사가 많습니다. 아동문학가 정채봉 작가의 편지도 끝인사가 일반적이지 않아서 특별합니다. "서울에서 얼쩡거리고 살아서 죄송합니다." 어쩌면 이런 마지막 말로 편지를 마무리할 수 있을까요? 『카뮈-그르니에 서한집』(책세상, 2012)에서 알베르 카뮈가 장 그르니에에게 보낸 편지의 끝인사를 만날 수 있습니다. "선생님을 향한 언제나 변함없는 마음을 믿어 주십시오. A.C." 카뮈는 그르니에에게 보낸 편지 말미에 항상 비슷한 끝인사를 썼습니다. 이 간단하고 담백한 말이, 그럼에도 불구하고 묵직하게 다가오는 건 진심이 담겨서인 것 같습니다. 진심이 담긴 말 한마디가 가장 좋은 마무리라는 별 특별하지 않은 말을 진심을 담아 남깁니다.

⑧ 날짜와 시간

"2010년 10월 17일, 7:46 p.m."

끝인사까지 썼다면 이제 거의 마무리됐습니다. 편지를 끝내면서 날짜와 시간을 적습니다. 편지 하단에 적힌 날짜와 시간은 시간이 흐를수록 의미가 커집니다.

편지를 쓰는 오늘은 여느 때와 다름없는 보통날에 불과하지만 긴 시간이 지나고 편지를 다시 볼 때는 그 시절의 나와 상대를 떠오르게 하는 파노라마의 스위치가 되거든요. 그러니 되도록 연, 월, 일을 모두 적습니다. 시간도 마찬가지로 구체적으로 씁니다. 지난 날짜와 시간은 언제나 힘이 있습니다. 예를 들어 '2022년 10월 17일, 7:46 p.m.' 하는 식으로 날짜와 시간을 정확히 적어 두면 몇 년 뒤 혹은 몇십 년 뒤, 그 편지를 꺼내 보았을 때 쌓인 시간이 더 선명히 느껴질 것입니다. 세월이 흘러 '어느 날' '우연히' 편지를 발견해 뜻밖에 읽을 일도 생길 겁니다. 그럴 때 구체적으로 적힌 날짜와 시간은 그사이 쌓인 세월의 무게까지 더해져 강력하게 다가올 겁니다.

당장은 너무 구체적으로 기록하는 것이 큰 의미 없이 느껴질 것이고, 사소한 부분으로 여겨질지도 모릅니다. 저 역시 작은 엽서에 쓴 짧은 편지에는 날짜와 시간을 종종 생략하기도 하니까요. 그럼에도 편지 말미에 날짜와 시간을 꼭 쓰는 습관을 들이는 중입니다.

한 인물이 일생동안 주고받은 편지를 엮은 서간집을 보면 편지에 기록된 날짜와 시간은 더욱 중요한 단서로 보입니다. 인물에게 일어난 여러가지 사건을 시간순으로 비교할 수 있게 되니 각개로 알고 있던 사건이 하나의 흐름으로 다가옵니다. 어떤 행동이나 결정의 근거를 그 시기에 비추어 짐작할 수 있게 되기도 해서 인물의 삶을 좀 더 입체적이고 다각도로 가늠할 수 있게 됩니다. 편지가 곧 한 인물의 기록으로 여겨지게 되는 것이죠. 날짜와 시간을 꼭 써 주세요. 먼 훗날 어떤 연유로든 편지를 다시 꺼내 볼 이를 위해서 말입니다.

⊙ 추신

"추신, 이번 해 겨울 간식 한 봉지는 내가 책임진다."

'추신', 혹은 'P.S.'postsctipt라고 씁니다. 편지의 내용과 전혀 다른 맥락의 이야기이거나 혹은 내용에 미처 쓰지 못한 말을 덧붙일 때 필요합니다. 추신에 써야 할 말이 꼭 정해진 것은 아닙니다. 차마 부끄러워서 하지 못하던 '사랑해'라는 말을 남길 수도 있고, 갑자기 불쑥 생각 난 말을 덧붙일 수도 있습니다. 혹은 친구를 위한 작은 이벤트를 추신에 적어 둘 수도 있겠죠.

아직 시도해 보지 않았지만, 언젠가 누군가에게 꼭 써 보고 싶은 추신이 하나 있습니다. 편지를 쓰는 계절이 꼭 한겨울이어야 한다는 조건이 있습니다. 붕어빵, 호빵 같은 겨울 간식을 사 먹을 수 있도록 현금 3천 원을 편지와 함께 넣어 두는 겁니다. 그리고 이렇게 추신을 쓰는 거죠. "추신. 이번 해 겨울 간식 한 봉지는 내가 책임진다."

[+1] 그림과 스티커

이제까지의 아홉 가지 요소를 취사선택해 편지 내용을 모두 채웠다면 다행입니다. 그럼에도 불구하고 아직도 여백이 많이 남은 편지지를 바라보고 있다면 마지막으로 남은 방법은 그림 그리기와 스티커 붙이기입니다. 이는 허전해 보이는 편지지의 여백을 줄이기 위한 마지막 수단으로 귀여움으로 승부를 보는 나름의 묘수입니다. 듬성듬성 여백이 생긴 곳에 친구의 얼굴이나 좋아하는 물건을 그려 줍니다. 혹은 아주 쉽게 곳곳에 하트를 그립니다. 오다가다 산 스티커를 꺼내 붙이는 것도 방법입니다. 그리고 스티커 아래에 간단한 코멘트를 적어 보세요. 편지의 내용과는 별개의 스티커여도 그 자체로 재밌는 요소이며, 또 다른 추신이 되어 줄 겁니다.

{ 6 }
편지 마무리하기

첫 문장을 고민해 보았다면 이제 편지의 마무리에 대해서도 마저 이야기해 봅시다. 앞서 편지의 내용 중 '끝인사' 부분에서 잠깐 언급했지만, 편지글의 시작은 이럭저럭 했고 내용도 어느 정도 채웠는데 어떤 말로 마무리를 해야 할지 영 어색할 때가 있습니다. 도무지 마무리할 방법이 생각나지 않을 때 아래 세 가지 방법을 참고해 보면 좋겠습니다.

첫 줄부터 읽어 보기

어떤 말로 마무리할지 도저히 방향이 잡히지 않을 때는 편지의 첫 줄부터 찬찬히 한번 읽어 보는 것이 좋습니다. 그러면서 어떤 마무리를 할지 방향을 잡아 가는 것이지요. 어떤 정답이 있다기보다 편지를 받는 사람에게 내가 건네는 이야기이니 다시 읽다 보면 그 흐름에 따라 자연스레 마무리할 말이 떠오르기도 합니다. 그렇게 한달음에 읽어 보고 전체적인 편지글의 느낌에 따라 "오늘의 편지는 우중충한 편인 것 같다"라든가 "넋두리 가득한 편지를 읽어 주어 고마워" 같은 말들로 마무리를 하는 거죠. 그리고 그렇게 첫 줄부터 쭉, 읽어 보면 자연스레 퇴고의 과정으로 연결되기도 해서 내용을 고치거나 문장을 수정할 일들이 생기기도 합니다.

간혹 편지를 다 쓴 후 내용을 다시 한번 읽어 보지도 않은 채 그대로 편지를 봉해 버리는 일이 있습니다. 드디어 편지지를 다 채웠다는 후련한(?) 마음으로 다 쓰자마자 얼른 봉투에 넣고 밀봉해 버리는 겁니다. 혹은 "쓰긴 썼지만 쑥스러워서 다시 읽어 보진 못하겠다" 할 때도 있습니다. 여하튼 그것이 어떤 이유이든 편지 봉투를 봉해 버리기 전에 한 번이라도 꼭 다시 읽어 보길 권합니다. 편지글은 (대부분) 단 한 명의 독자에게 마음을 담은 이야기를 건네는 글입니다. 마음에서 마음으로 전해지는 글이니 조금 더 세심할 필요가 있어요.

질문하기

편지 가게를 시작한 뒤, 받은 편지에는 되도록 답장을 하려고 합니다. 설령 편지 가게를 운영하면서 갖게 된 의무감이라 할지라도 편지를 받고 답장을 '주는' 것에 더 신경을 쓰고 있습니다. 사실 답장을 쓰기까지는 시간이 꽤 오래 걸립니다. 늦은 답장을 쓸 때는 살짝 가물가물해진 편지의 내용을 다시 읽으며 마지막 말을 곱씹어 보기도 하고요. 말미에 적힌 글을 보면 '이 사람은 답장을 원하는구나' 혹은 '이대로 편지가 마무리되길 바라구나' 하는 것들을 짐작할 수 있습니다. 저는 사실 그런 짐작으로 추측하는 것보다는 분명하게 '답장을 원한다'고 적은 편지가 때로는 더 편하게 느껴집니다. 그래서 제가 쓰는 편지글의 말미에는 답장을 원하는지, 이대로 마무리되길 바라는지 되도록 분명히 표현하려고 합니다.

질문으로 편지를 마무리하는 것은 상대에게 답을 구하는 일이 되니, 답장을 원할 때 쓸 수 있는 방법이기도 하지만, 적당한 마무리가 생각나지 않을 때도 활용해 볼 수 있는 방법입니다. 편지를 받을 사람에게 궁금한 것을 떠올려 보고 그것을 마무리 소재로 삼는 것이지요. '네 생각은 어때?' 하고 의견을 물을 수도 있고, 내가 쓴 편지의 내용과 관련 있는 새로운 질문을 던져 볼 수도 있습니다. 편지를 받는 사람에 관한 질문이든, 어떤 이슈에 관한 의견이든 상대에게 묻는 것으로 편지를 마무리하는 것이지요. 이 경우에도 반드시 답장을 받고 싶다면 답장을 해 달라는 이야기를 분명히 알리면 좋고요.

편지를 매개체로, 한 남자를 생각하는 두 여자의 다른 감정을 섬세히 표현한 일본 영화 『러브레터』에는 말미가 질문으로 끝나는 편지가 많이 등장합니다. "후지이 이츠키 님. 사진과 카드 고맙습니다. 그런데 그것은 정말 그의 이름이었을까요?" 하는 식입니다. 편지를 주고받아야 영화의 이야기가 전개되기 때문이겠지만, 한편으로는 질문을 던졌기에 답장이 오가며 편지가 이어질 수 있었다고 생각합니다. 또한 질문하는 방식의 마무리는 그 편지에 답장을 쓸 사람에게도 더욱 수월하게 이야기를 시작할 수 있게 하는 장점이 있습니다.

평소의 인사말 활용하기

편지 쓰기에 관해 계속 생각하다 보면 누군가와 만나고 헤어질 때 제가 어떤 말로 인사를 하는지 생각해 보게 됩니다. 저는 보통 '또 보자, 연락할게!' '조심히 들어가요!' '잘 가!' 하는 것처럼 흔한 인사말을 씁니다. 그런데 말로 할 때는 아주 평범한 그 인사말이 편지에 옮겨 놓으면 느낌이 조금 달라집니다. '그럼 이만' 하고 마무리한 적이 많았는데, '또 보자, 연락할게!' 하고 적어 보니 더욱 생동감이 드는 것 같다고 할까요? 물론 그 인사말을 읽는 사람의 느낌이라기보다 쓰는 사람인 저의 느낌이겠지만요.

'그럼 이만……' 하는 말처럼 매번 아쉬운 듯 끝내는 편지는 어쩐지 싫습니다. 그보다는 쓰면서도 '실감 나게 썼다' 싶은 편지가 더 좋습니다. 상대가 나의 편지를 읽으며 '정말 생생한데? 옆에서 말하는 것 같아' 하는 기분이 들도록 말이죠. 가까운 사람들과 만나고 헤어질 때, 지하철역 앞에서, 차에서 내리면서, 사람들이 무슨 말을 하면서 헤어지는지 떠올려 봅시다. 그리고 그것을 마무리 인사로 그대로 옮겨 활용해 보는 겁니다. 의외로 인사하는 법에 따라 나도 몰랐던 내 어투를 발견하는 재미도 있을 겁니다. 혹은 드라마나 영화의 등장인물이 만나서 헤어질 때 하는 대사를 편지 말미에 차용해 보는 방법도 있습니다. 영화 『콜 미 바이 유어 네임』에서 주인공 올리버가 헤어질 때 늘 사용한 "later~"라는 표현을 내 편지의 마무리 인사로 차용해 보는 거죠.

때로는 평범한 날의 평범한 인사가 더 생생한 인사말로 다가가기도 합니다. 여러분은 평소 어떤 인사말을 사용하나요?

{ 7 }
편지 봉투 작성하기

편지 봉투에도 룰이 있다

매년 12월 말이 되면 손님들에게 연하장을 보냅니다. 한 해를 돌아보고 새해를 맞이하는 소회를 적은 연하장입니다. 연하장은 늘 우표를 붙여서 보냅니다. 발송할 때는 우체통에 넣지 않고 우체국 창구에 가서 직접 접수합니다. 연하장을 보내러 우체국 창구에 가는 날은 우체국 직원 분께 우편물 발송과 관련한 여러 궁금한 점을 묻는 날이기도 합니다.

몇 해 전 그날도 연하장을 부치러 우체국에 방문한 날이었습니다. 어김없이 창구의 직원 분께 발송할 연하장을 건네고, 발송과 관련한 궁금한 점들을 물으며 가져간 연하장을 보여 드렸습니다. 그해 준비한 연하장은 우체국에서 지정한 규격 봉투 크기와 비교해 별반 다르지 않았고, 무게도 크게 유별나지 않은 일반적인 것이었습니다. 그래서 일반 규격 봉투에 붙이는 일반우표면 충분하다고 생각하며 우표를 미리 붙인 상태였죠. 그동안 여러 편지를 보냈던 경험으로 충분히 발송 가능하다고 생각했습니다. 그런데 예상했던 우편 요금인 380원(2019년도 보통통상우편 기준)보다 장당 120원씩 더 추가해 내야 한다는 게 아닙니까? 180여 통의 연하장을 준비한 저로서는 당황스러운 일이었습니다. 무게도 크기도 모두 5그램 미만의 일반우편에 해당하는 규격의 범주에 든 것 같은데 말이죠. 그런데 추가 요금의 원인은 무게도, 크기도 아니었습니다. 받는 사람의 주소를 쓴 기준선이 문제였습니다. 여러 번 편지를 보내 봤으니 오른쪽 하단에 받는 사람의 주소를 쓴다는 것쯤이야 당연히 아는 사실이었지만, 받는 사람의 주소를 쓰는 데 기준선이 있다는 건 전혀 몰랐습니다. 주소를 쓸 때 '받는 사람'의 '받'을 기준선보다 5밀리미터 앞에 써서 모든 편지에 추가 요금이 발생한 겁니다.

기재란의 위치를 지켜야 하는 건 우편물의 기계 처리를 위해서입니다. 우체국에서 지정한 위치는 봉투 오른쪽을 기준으로 20밀리미터를 띄우고 거기서부터 120밀리미터 내까지였습니다. 그 안에 주소를 써야 하죠. 그저 오른쪽 하단에 쓰기만 하면 다 되는 게 아니었습니다. 추가 요금을 듣고 참 난감한 표정을 짓고 있었는데 우체국 직원도 어쩔 수 없다는 표정이더군요. 이미 180여 통의 주소를 다 적은 터라 수정할 엄두가 나지 않았습니다. 봉투를 뜯고, 연하장을 꺼내고, 새 봉투에 넣고, 풀칠해 봉하고, 다시 주소를 적어야 하는 작업이니까요. 3일에 걸쳐 했던 작업을 다시 반복하기란 너무 엄두가 나지 않았습니다. 뭐 별수 있나요. 한 통당 120원짜리 추가 우표를 붙여서 보내기로 했습니다.

국내 통상우편●의 경우 무게가 5그램 미만일 때 (보통 우편엽서) 규격 우편물이라면 우푯값이 400원, 규격 외 우편물이라면 520원입니다. 등기나 익일특급 또한 규격과 규격 외 우편물의 요금 차이는 모두 120원입니다. (일반적으로 우리가 생각하는 편지 봉투에 붙이는 일반우표의 가격은 430원입니다.) 봉투를 작성할 때 염두에 두면 좋겠지요?

72쪽 이미지처럼 우체국에서는 봉투 작성의 기준을 정해 두었습니다. 그런 기준에 부합하지 않는 경우 접수가 불가하거나 저처럼 추가 요금을 내야 합니다. 그

● 보통의 우편을 소포 우편에 상대하여 이르는 말.

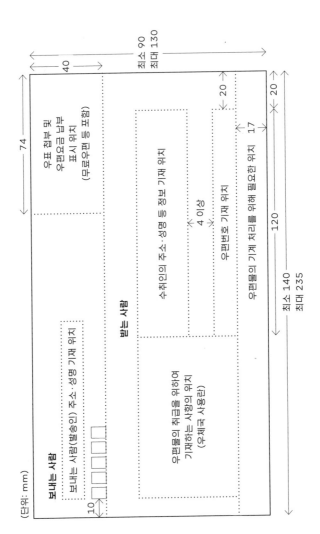

(단위: mm)

보내는 사람

보내는 사람(발송인) 주소 · 성명 기재 위치

받는 사람

수취인의 주소 · 성명 등 정보 기재 위치

4 이상

우편물의 처금을 위하여
기재하는 사항의 위치
(우체국 사용란)

우편번호 기재 위치

우편물의 기계 처리를 위해 필요한 위치

우표 첨부 및
우편요금 납부
표시 위치
(무료우편 등 포함)

74

40

최소 90
최대 130

10

20

17

120

20

최소 140
최대 235

외 봉투 작성과 지질, 우표, 봉합, 내용물, 무게에도 각각 규격이 있습니다.

가로: 140~235밀리미터, 세로: 90~120밀리미터
두께: 최대 5밀리미터
지질: 평량 70그램 이상(종이 사용)
색상: 흰색 또는 연한 색
우표첨부: 정해진 위치
우편번호: 정해진 위치에 바르게 기재
봉합: 풀이나 접착제
표면 및 내용물: 편편하고 균일
무게: 3.27~50그램

위 기준들을 참고해서 규격에 맞는 우편 봉투를 사용한다면 우체국에서 정한 가장 저렴한 우푯값으로 편지를 보낼 수 있습니다.

봉투를 작성할 때 사람들이 가장 많이 놓치는 것이라, 한 번 더 강조하고 싶은 것이 있습니다. ①보내는 사람과 받는 사람의 주소란 위치를 확인할 것. ②정확한 주소를 썼는지 확인할 것. ③우편번호를 썼는지 확인할 것. 이상의 세 가지입니다. 의외로 주소를 정확하게 쓰

지 않고 보내는 경우가 허다합니다. 저 역시도 정확한 주소가 아니어서 발송했던 연하장이 되돌아왔던 경험이 꽤 있습니다. 연하장을 발송하려고 받아 놓았던 주소 중에 행정구역(시도, 시군구, 읍면)과 도로명, 건물번호, 상세주소(동·층·호)가 정확하지 않은 주소들이 있었던 거지요. 건물번호가 빠졌다거나 몇 동인지가 누락됐다거나 하는 식으로요. 이럴 때면 참 난감합니다. 택배와 달리 일반 우편물로 보낼 때는 개인 연락처를 따로 적지 않으니 우편배달부께서 전화해서 확인할 수도 없습니다. 그러니 보낸 곳으로 반송돼 올 수밖에요. 시·군·읍·면, 상세 주소 등을 정확하고 알아보기 쉽게 적어 놓아야 합니다.

특히 주소를 적을 때는 우편번호 다섯 자리를 잊지 않고 적어야 합니다. 우편번호는 전국 각지로 가는 편지를 쉽게 분류하기 위해 과학기술정보통신부에서 지역마다 매긴 번호입니다. 그러니 편지가 가야할 곳에 잘 도착하도록, 우편집배원의 일이 수월하도록, 꼭 지켜 기재해야 합니다.

편지가 반송되는 이유

만약 위의 기준을 지키지 않으면 편지는 반송이 됩니다.

우체국에서는 편지를 우선 발송해 줍니다. 편지는 각 지역으로 흩어지고 편지를 맡은 집배원이 주소를 확인하는 식입니다. 저는 보통 4층에 있는 글월로 올라가기 전에 1층 우편함을 꼭 확인합니다. 우편함에는 글월에 할 이야기가 있는 손님이 보낸 편지나 펜팔 서비스(글월 내 익명의 편지를 주고받는 서비스)의 답장이 꽂혀 있습니다. 손님의 요청으로 편지를 보내는 일도 대신하고 있는데요, 아직 아는 이들이 많지 않지만, 저희 가게에서 판매하는 우표를 구매하면 우체국에 가서 우편물을 대신 부쳐 줍니다. 글월을 우체국처럼 이용할 수 있는 것이죠. 또는 '1월에 쓰고 6월에 받는 편지' 서비스처럼 1월에 쓴 편지를 대신 보관했다가 6월 말에 한꺼번에 편지를 보내 주기도 합니다. 연말에 손님에게 보내는 연하장도 글월에서 보내는 편지 중 하나이고요. 이렇게 글월에서는 편지를 받기도 하고 보내기도 합니다. 이런 편지들 중에는 간혹 반송 편지가 섞여 있는데, 그때의 기분은 뭐랄까, 난감하기 그지없습니다. '이걸 어쩐담?' 하는 생각이 드는 것이, 앞서 말했듯 일반 우편 편지에는 받는 사람의 연락처를 적지 않기 때문입니다. 편지는 택배와 달리 연락처 없이 주소만으로 발송이 가능합니다. 때문에 저도 손님들의 전화번호를 특별히 묻지 않습니다.

애당초 우편 편지는 손님의 연락처를 요청하지 않는 것이 저희의 규칙이기 때문에 편지를 그대로 폐기할지, 손님의 연락처를 찾아낼지 고민해야 합니다. 찾아내려면 여러 수고를 거쳐야 하고요.

　　보통 편지는 여섯 가지의 이유로 반송됩니다. ① 수취인 부재 ② 폐문 부재 ③ 수취인 불명 ④ 수취 거절 ⑤ 주소 오류 ⑥ 이사감. 친절하게도 편지에는 반송 이유와 이를 담당한 집배원의 이름, 번호가 찍혀 있습니다. 대체 왜 편지가 제대로 도착할 수 없었는지 봉투에 써서 알려 주죠. 집배 담당자분과 연락을 해 보려고 몇 차례 전화를 해 보기도 했습니다. 반송 이유에 대해 더 구체적으로 확인이 필요한 부분이 있어서입니다. 그렇지만 집배 담당자와 연락이 닿는 게 그리 쉽지는 않습니다. 관할 우체국을 통하고 기다리고 다시 연락을 취하고 다시 기다리는 시간을 가져야 하죠. 이런 번거로운 일을 겪지 않으려면 한 번에 정확히 쓰는 것밖엔 답이 없습니다. 봉투 하나 쓰는 데 왜 이리 규칙이 많으냐고 하겠지만, 여러 사람이 문제없이 원활하게 사용하기 위한 방법을 찾기 위해 하나씩 생긴 규칙이라고 보면 작은 지면에 담긴 사람들의 아이디어가 새삼 대단하게 느껴집니다.

편지 보내기

이 책을 읽는 여러분은 한 번이라도 편지를 부쳐 본 경험이 있으신가요? 편지를 보내 본 적이 있는 이에게는 아주 쉬운 이야기가 될지 모르겠지만, 아직 편지를 한 번도 부쳐 본 경험이 없는 사람이라면 아래의 설명이 꽤 요긴하지 않을까 합니다. 어쩌면 지금보다 더 편지 보내는 법이 낯선 세대를 위한 기록일 수도 있겠습니다. 편지는 어디를 통해, 어떻게 발송할까요?

우체통

편지를 보내는 첫 번째 방법은 우체통을 이용하는 것입니다. 평소 우체통을 사용할 일이 잘 없으니, 우체통이 어디에 있는지 모를 수 있을 겁니다. 하지만 주의를 기울여 살펴보면 사람들이 많이 다니는 길목, 횡단보도 옆, 큰 건물이 즐비한 상가 앞 등 발길이 쉽게 오갈 수 있는 거리 곳곳에 빨간 우체통이 서 있습니다. 동네에서 우체통을 못 본 것 같다면 우정사업본부 홈페이지에서 '우체국 위치 찾기'로 지도 검색을 해 보세요. 가장 가까운 곳에 있는 우체국, 우체통, 우표판매소 등의 위치를 확인할 수 있습니다. 우체통으로 편지를 보내는 방법은 간단합니다. 앞서 이야기한 규격에 맞추어 편지 봉투에 주소와 우편번호 등을 잘 작성하고 우표를 붙여서 편지를 우체통 안에 넣으면 됩니다.

우체통의 입구는 단일 칸인 것도 있고 이중 칸인 것도 있습니다. 단일 칸의 우체통이라면 편지를 그대로 통안에 넣으면 됩니다. 이중 칸이면 왼쪽엔 '지역 우편', 오른쪽에는 '타지역 우편'이라고 적혀 있을 겁니다. 받는 사람의 주소를 기준으로 지역 우편인지, 타지역 우편인지 확인하면 됩니다. 같은 구/군의 주소라면 '지역 우편' 칸에 넣고 다른 지역으로 보내는 우편이면 '타지역 우편' 칸에 넣는 거죠. 우체통 편지 수거는 그 우체통을 관할하는 우체국에서 매일 책임집니다. 제가 주로 이용하는 연희동 우체국에는 우체국 바로 앞에 우체통이 있습니다. 겨우 여섯 걸음이면 우체국과 우체통을 오갈 수 있죠. 가게를 잠시 비우고 우편물을 보내러 갈 땐 우체국이 영업시간 중이라도 번호표를 받고 기다리는 일이 번거로워 우체통에 편지를 넣어 버리고 오곤 했습니다. 그런데 택배 접수를 하러 갔던 어느 날, 우체국 직원분께서 어차피 우체통에서 편지를 매일 꺼내고 있으니 되도록 직접 접수를 해 주면 좋겠다고 하더군요. 저는 그제야 우체통의 편지를 매일 같은 시간에 수거한다는 걸 알게 됐습니다. 그래서 주중에 문을 열고 주말에 문을 닫는 우체국의 업무 시간에 따라 우체통 사용을 달리하게 되었죠. 우체통의 우편물은 주말에는 수거하지 않고 주중에 매일 수거합니다. 우편물을 수거하는 시간을 알고 싶다면 우체통마다 우편물 수거 시간이 적혀 있으니 편지를 보내기 전에 우체통을 확인해 보면 도움이 됩니다. 접수된 편지는 당일에 수거하여 당일에 발송을 시작합니다. 지역에 따라 차이가 있지만 이렇게 보낸 편지는 보통 3~4일 내외로 받는 이의 우편함에 도착합니다.

우체국

두 번째 방법은 우체국에 직접 접수하는 것입니다. 특별히 물건을 보내거나 배송 관련 업무를 하지 않으면 우체국에 갈 일이 정말 드뭅니다. 제 경우는 하루 한 번은 우편물을 접수하거나 택배를 보낼 일이 있어 우체국에 가는 게 익숙하지만, 간혹 우체국 내에서 우왕좌왕 하는 사람을 보곤 합니다. 요즘의 우체국은 편지를 보내는 곳이라기보다 택배를 보내는 곳으로 더 익숙한 것 같습니다. 우체국에서는 편지와 택배를 접수하는 창구를 따로 구분하지 않습니다. 일반 우편물도 택배와 동일하게 번호표를 뽑고 차례를 기다려서 접수하면 됩니다. 저울에 올려 편지의 중량을 재고, 우편물의 크기를 재어 우편 요금을 측정합니다. 비용을 지불하면 우체국 직원이 우표를 대신하는 우편 요금 라벨지를 붙여 주죠. 그럼 접수가 완료된 것입니다. 편의를 위해 언제부턴가 우표는 스티커 형식의 라벨지로 변경됐습니다. 만약 종이 우표를 붙여 편지를 발송하고 싶다면 접수 시 '우체국 발행 우표'를 구매하고 싶다고 먼저 말해야 합니다. 그러면 우체국 직원이 우편 요금에 따른 우표를 봉투에 붙여 줍니다.

창구에서 편지를 접수하면 우체국 직원이 꼭 묻는 말이 있습니다. "일반으로 보내시나요? 등기로 보내시나요?" 처음엔 이 차이를 몰라서 일반으로 편지를 보냈습니다. 등기 우편보다 일반 우편의 값이 더 저렴했기 때문이죠. 그 차이를 알아보니 추적 가능 여부가 달랐습니다. 일반 우편은 발송을 하면 추적이 불가합니다. 편지가 제 주소의 우편함에 들어갔는지, 수취인이 편지를 잘 받았는지 확인할 수가 없습니다. 분실이라도 되면 찾을 방도가 없죠. 반면 등기 우편은 우편물이 수취인에게 잘 도달했는지 그 과정을 기록으로 남겨 둡니다. 주소지에 수취인이 있을 시에 배송이 완료되므로, 우체부가 미리 연락을 준다거나, 재방문을 통해 수취인을 직접 대면해서 전달하죠. 배송 과정을 기록으로 남겨 두되, 물건만 두고 가도 되는 택배와는 또 다른 부분입니다. 등기 우편에는 세 가지 방법이 있습니다. 2~3일 내 발송이 완료되는 일반 등기, 다음 날 도착하는 익일 특급, 발송 당일에 받는 당일 특급. 그리고 도착 시간과 중량에 따라 우편 금액이 달라집니다. 편지를 정확하고 빠르게 보내고 싶다면 일반 우편보다는 등기 우편을 선택적으로 이용할 수 있습니다.

해외로 보내는 편지 역시 우체국에서 접수합니다. 국가별, 지역별로 발송 금액이 다릅니다. 만약 같은 주소로 편지를 보낼 일이 많다면, 우푯값을 확인하기 위해 처음에는 한 차례 우체국을 다녀오는 걸 권합니다. 동일한 규격과 중량의 편지를 또다시 같은 국가로 보내는 것이라면 그 후부터는 우체국에 가지 않고도 값에 맞는 우표를 붙여 우체통에 넣어도 됩니다.

가게에서 우표를 구매하는 손님 중에 종종 편지를 다른 나라로 발송할 때 어떤 우표를 붙여야 하는지 묻는 이들이 있습니다. 한번은 칠레로 보낼 편지의 발송을 글월에 부탁한 손님이 있었습니다. 손님이 부탁한 첫 해외 발송 우편 건이라서 설레면서도 걱정이 됐습니다. 택배처럼 트래킹할 수 있는 번호가 따로 붙지 않으므로 중간에 사라지기라도 하면 그대로 끝이기 때문입니다. "편지가 사라졌습니다"라는 말은 제가 편지 가게를 하는 동안 절대 하고 싶지 않은 끔찍한 말 중 하나입니다. 몇 차례나 주소를 잘 썼는지 확인하고, 실제 있는 주소로 확인되는지도 구글에서 검색해 본 후 확인하고서야 손님의 편지를 받았습니다. 모든 준비를 끝내고 칠레로 갈 편지를 대신 보내기 위해 우체국에서 번호표를 뽑고 서 있으니 제 모습이 아주 그럴싸한 편지 가게 주인인 것 같아 내심 기분이 들떴습니다. 그때까지만 해도 저도 외국으로 편지를 보내 본 적이 한 번도 없었거든요. 이 기회에 해외로 편지 발송하는 법을 알게 된다는 사실도 기분을 들뜨게 한 것에 한몫했죠. 해외 발송이면 접수하면서 뭔가 다른 게 있을 줄 알았습니다. 국내 우편물용과는 다른 해외 전용 우표를 사야 하는 게 아닐까 막연히 생각하기도 했고요. 그런데 막상 접수를 해 보니 특별한 우표는 없었고 일반우표를 해외로 발송하는 우편 요금만큼 붙이면 됐습니다. 무궁화든 태극기든 국정추묘(국화 핀 뜰 안의 가을 고양이)가 그려진 것이든 우표의 종류는 상관이 없습니다. 특별히 해외 발송용 우표가 따로 있는 것이 아니었어요. 당시 칠레로 보내는 편지는 3천 원가량의 우편 요금이 들었습니다. 당시 국내 일반 우편 요금의 우푯값이 380원(현재는 430원)이었는데 해외로 나가니 확실히 요금이 확 뛰는구나 싶었습니다.

그때 칠레로 보냈던 편지가 도착했다는 소식을 듣기까지는 거의 두 달 가까운 시간이 걸렸습니다. 편지 발송을 의뢰한 손님이 "편지 잘 보냈나요? 아직 도착하지 않았다는데……" 하고 연락해 왔을 때는 얼마나 식은 땀이 나던지. 시간이 꽤 걸렸지만 결국 도착했다는 연락을 받고 가슴을 쓸어내렸던 기억이 납니다.

직접 전달

세 번째 방법은 직접 전달하는 것입니다. 누군가의 손을 빌리지 않고 선물과 함께 전달하거나, 슬쩍 책상에 두거나, 바로 앞에서 휙 건네는 식이죠. 직접 전달하는 편지는 분실의 대한 염려가 없습니다. 눈 앞에서 있는 상대에게 확실히 전달이 되지요. 다만 떨리는 마음이 더해집니다. 한 번은 글월 성수점의 공간 디자인을 맡아 준 디자이너에게 감사 인사로 편지를 쓴 적이 있습니다. 준비한 선물이 든 쇼핑백에 편지를 넣었습니다. 편지 내용은 당시의 제 솔직한 마음이었습니다. 성수점을 준비하는 기간이 짧았던 터라, 어느 누가 공간 디자인을 해 주어도 일정을 맞추기 어려울 수 있는 상황이었죠. 일정을 불안해하는 저와 달리 짧은 기간 내에 작업을 완료할 수 있다는 확신에 찬 답을 해 준 디자이너가 이루 말할 수 없이 고마웠습니다. 하지만 한편으로는 '정말 할 수 있을까? 어쩜 저렇게 당차게 말할 수 있지!' 하는 생각을 했었죠. 달리 다른 방법도 없으니 그가 말한 대로 이뤄 주길 바랐습니다. 그는 결국 일정에 맞춰서 아주 그럴싸하게 해냈습니다. 이제는 그의 말을 완벽하게 믿을 수밖에 없게 됐죠. 급하게 성사된 만남을 이제야 생각해 보면 운명 같은 일이었다고 판단합니다.

이런 저의 솔직한 생각을 편지에 적어 준비한 선물과 함께 건네니 기분이 좋았습니다. 편지를 직접 건네보면 선물을 주는 것만큼이나 뿌듯하고 마음 한 쪽이 좋은 감정으로 차오르는 것을 느낄 수 있습니다. 받는 이를 기쁘게 할 수 있다는 것뿐만 아니라 누군가를 위해 행동을 한 나 자신에게도 기쁨이 돌아오죠. 편지를 손수 전달하며 그와 같은 기쁜 감정을 직접 느껴 보면 좋겠습니다.

{ 9 }
우표 사서 붙이기

우표는 우체국에서만 구매하는 것인 줄 알았습니다. 그런데 편지 가게 글월을 준비하며 우체국과 계약을 맺었고 우체국이 아닌 곳에서도 우표를 판매할 수 있다는 걸 알게 됐습니다. 우체국이 아니어도 사람들이 가까운 곳에서 편리하게 우표를 구매할 수 있도록 하는 제도가 마련되어 있는 것이죠.

　보통은 학교 앞 문구점이나 대형 문구, 사무용품점 같은 곳이 우체국과 계약을 맺습니다. 우표를 구매할 일이 있다면 우체국에 가거나 가장 가까운 문구점을 방문하면 되죠. 매해 우체국에서는 다양한 종류의 우표를 발행합니다. 크게 두 종류가 있는데 '일반우표'와 '기념우표'가 있습니다. 우리가 쉽게 접하고 구매할 수 있는 우표는 일반우표입니다. 일반우표는 20원, 100원, 380원, 450원, 760원, 2,180원 등 여러 금액이 있습니다. 우표의 금액은 우표 액면에 적혀 있습니다. 우표는 한국우편사업진흥원에서 상시 발행을 합니다. 그러니 우체국에서 보유하고 있으면 언제든 구매할 수 있죠.

반면 기념우표는 시기에 따라 우체국에 준비돼 있기도 하고 아닌 경우도 있습니다. 이 우표는 말 그대로 '기념'을 위한 우표이기 때문에 한 번 발행하면 소진되어도 재발행을 하지 않습니다. 우편사업진흥원에서는 우체국 홈페이지를 통해 그 해 어떤 기념우표를 발행하는지 1년치 계획을 공지합니다. 한 해에 26건의 기념우표가 나오기도 하고 19건이 나오기도 하는 등 기념할 주제에 따라 매해 발행하는 건수가 달라집니다. 기념우표는 우체국에서 직접 구매할 수 있고, 인터넷우체국(www.epost.go.kr)을 통해서 간편하게 온라인으로 주문할 수도 있습니다. 기념우표의 주제는 대략 이런 것입니다. '자연으로 돌아온 멸종위기 동물'(2022. 6. 3) '책가도 병풍'(2022. 3. 30) '해양보호생물'(2021. 5. 31) 'KAIST 개교 50주년'(2021. 2. 16) '세계 식물건강의 해'(2020. 5. 29) 등. 각 주제에 따른 다양한 그래픽과 일러스트를 보는 즐거움이 있습니다.

우체국과 대형 문구점은 아니지만 글월에서도 우표를 살 수 있습니다. 글월은 서대문 우체국을 통해 정식으로 우표 판매소 등록을 했습니다. 등록하는 과정에서 글월이 연희동 우체국을 제외하면 연희동의 유일한 우표 판매소라는 걸 알게 되기도 했습니다. 서대문구를 통틀어 총 네 곳의 우표 판매소가 있는데 글월이 그중 한 곳이라는 점도 더불어 알게 됐고요. 이 판매소 개수만 봐도 사람들이 얼마나 우표를 안 찾는지 알 수 있습니다. 이렇게 사람들이 찾지 않는 걸 가게에서 팔고 있는데, 왜 불안하기보다 더 열심히 많이 팔아 봐야겠다는 열정만 불타오를까요.

판매용 우표를 받아 오는 일은 아주 간단합니다. 우표 재고를 체크하고 있다가 더 필요하다 싶으면 우표 판매소 등록을 한 서대문 우체국에 가서 "글월에서 왔어요" 하는 것이지요. 그러면 우체국 직원분이 서대문 우체국에서 보유하고 있는 우체국 공식 우표들을 보여 줍니다. 이미 여러 번 방문해 우표를 구입해 왔던 터라 어느 정도는 안면이 있는 사이입니다. 보여 준 우표 중에서 필요한 금액별로, 원하는 수량만큼 요청해서 우표를 사 옵니다. 다량의 우표를 구매하기 때문에 전지의 우표로 받는데 우표 전지 1매는 보통 낱장 우표 100장짜리입니다. 그걸 손님이 원하는 만큼 한 장씩 떼어서 판매하고 있습니다.

글월에서 우표를 팔고자 했던 건 도쿄의 한 문구점에서의 추억 때문입니다. 작은 문구점이 골목골목을 지나 만난 낮은 집들 사이에 빼꼼히 자리를 잡고 있었습니다. 그곳의 여러 문구 제품을 보러 갔던 저는 다양한 문구 종류에 흥분을 감추지 못하고 양손 한가득 물건을 집어 들었습니다. 그리 크지 않던 가게에 손님들이 꽉 차 있어서 물건을 볼라치면 멀찍이서 순서를 기다려야 했습니다. 아마 족히 한 시간은 걸려서 천천히 본 후, 인제 그만 이곳에서 나가야겠다 싶어서 계산을 하려고 고른 물건들을 카운터에 내려놓았습니다. 문구점 점원이 제가 고른 물건을 하나씩 계산을 더해 가며 포장을 하는 동안 제 눈에 카운터 바로 앞에 있던 우표 액자가 들어왔습니다. 액자에는 일본 우표가 끼워져 있었고, 액자 하단에는 영어와 일어로 "구매는 직원에게 문의하세요"라고 적혀 있었습니다. 우표를 사고 싶다고 말하자 뒤편에 있던 바인더 파일을 꺼내 투명한 속지를 넘기며 몇 장이 필요한지 묻더군요. 두 종류의 우표를 각각 5장씩 달라고 했습니다. 점원은 새 우표가 망가지지 않도록 신중히 뜯었습니다. 제 뒤로 계산하려고 선 사람들의 줄이 점점 길어지고 있어 저는 진땀이 나려는데 그 점원은 제 속도 모르고, 그대로 서둘지 않고 물건을 챙겨 주었습니다. 그렇게 응대하는 모습이 꽤 인상적이었습니다.

글월에서 우표를 판다면 그때 내가 경험했던 장면처럼 차분하고 듬직한 모습으로 판매하고 싶었습니다. 액자에 끼워둔 우표를 보고 손님이 더 많은 우표를 궁금해할 때쯤 우표가 가득 채워진 바인더를 탁, 펼쳐 보이는 거죠. 그 소망을 이뤘습니다. 도쿄의 그 문구점에서 보았던 것처럼 좋은 바인더를 골라 속지에 금액별로 우표를 넣어 보관하고 있습니다. 우표까지 구비하니 편지를 위한 준비를 단단히 한 편지 가게가 된 것 같아 아주 뿌듯한 기분이 들었습니다. 이후로 우표를 궁금해하는 분에게는 언제든 우표가 가득한 바인더를 열어 보여 드리고 있습니다. 편지 가게 글월에서 팔리는 우표는 1년에 대략 800장 정도 됩니다.

우체국에서는 우표를 라벨지로 대체합니다. 편리함 때문에 대체하는 것이지만 아무래도 아쉽습니다. 우표는 크기가 다양하지만 보통은 가로 25밀리미터·세로 22밀리미터이고, 작은 지면에 자연, 국보, 멸종위기 동물, 주요 인물 등이 그려져 있습니다. 우표 수요가 줄며 이마저 줄어들까 간혹 우려됩니다. 그럼에도 기념우표는 발행될 때마다 그 희소성으로 활발히 거래도 되고, 이슈도 되니 그나마 다행입니다.

{ 10 }
편지지와 편지 봉투 고르기

손님들끼리 나누는 대화를 듣게 되는 날이 있습니다. "막상 쓰려고 하면 편지지가 없어서 안 쓰게 된다니까. 눈에 보일 때 사야 돼. 그래야 필요할 때 바로 써." 이 말에 퍽 공감이 가서 고개를 끄덕였죠. 크고 작은 숍에 가면 대체로 편지지와 봉투 또는 카드나 엽서를 쉽게 접할 수 있습니다. 하지만 당장 필요한 게 아니니 선뜻 구매를 하지는 않죠. 그런데 어쩌다 편지를 써야 할 때가 갑자기 닥치면 그만한 편지지가 바로 나타나지 않아 '그때 사 둘 걸' 하고 후회합니다. 서랍을 뒤져 편지지가 나오면 그래도 다행이지만, 그마저도 쓸 내용과 느낌이 맞지 않는 디자인의 편지지라는 생각이 들면 편지를 쓰고

자 했던 마음마저 시들해지곤 하죠. (제가 하는 말이라 영업처럼 들리겠지만) 편지지와 봉투는 마음에 드는 것이 있으면 그때그때 사 두는 것이 좋다고 생각합니다. 막상 필요한 날에는 없기도 하고, 마음에 드는 편지지를 사려고 제법 구색이 갖춰진 문구점이나 팬시용품점을 찾아 집을 나서기란 쉽지 않은 일이니까요. 그러니 마음에 드는 것이 있을 때 일단 장만해 둘 것을 권합니다. 마음에 드는 편지지와 편지 봉투를 전용 박스나 수납장을 정해 가득 모아 두었다가 필요할 때마다 골라 쓰는 일은 더할 나위 없는 즐거움을 주기도 합니다. 그렇게 상시로 편지 쓸 준비가 되어 있으면 편지를 쓰는 일 또한 보다 수월해집니다.

그럼 어떤 편지지와 편지 봉투를 고르는 게 좋을까요? 크기, 모양, 색, 종이 그리고 봉투 모양 등 직접 편지지와 봉투를 만들면서 그리고 판매하면서 느낀 생각을 풀어놓으려 합니다.

편지글의 리듬을 만드는, 편지지 크기

도쿄의 문구점을 다니면서 가장 놀랐던 부분이 편지지의 크기였습니다. 편지지 크기로 일본의 섬세함을 느끼게 될 줄은 추호도 몰랐지요. 포스터만한 대형 편지지부터 지우개만한 소형 편지지까지 놀랄 만큼 다양한 크기의 편지지가 즐비했습니다. 상상의 범주를 한참 벗어난 편지지 크기를 보면서 그저 웃음이 났습니다. 왜 이렇게까지 여러 크기의 편지지가 필요한가 황당해하면서도 바로 그 다양한 크기 때문에 이런저런 편지지를 하염없이 보고 있는 제 모습을 자각하며 '아, 이것 자체가 재미'라는 생각이 들었지요.

이후에는 정말로, 다양한 크기의 편지지가 필요하다는 것을 직접 느껴 볼 수 있는 계기가 생겼습니다. 편지지를 제품으로 제작해 보면서 크기가 다른 편지지 각각의 필요성을 알게 된 것이지요. 글월에서 편지지 제품을 기획할 때는 이 편지지를 쓸 사람은 어떤 사람일까, 어느 정도의 분량으로 편지를 쓸까, 어떤 연유로 편지를 쓰려고 할까 같은 것들을 자연스레 상상해 봅니다. 그러다 보면 어느새 가상의 편지글을 머릿속으로 떠올려 보게 되고, 그 분량에 맞는 편지지의 크기를 가늠하게 됩니다.

약간의 과장(?)이지만 그간 편지 가게에서 편지지를 사는 손님들을 보면, 편지지를 고르는 양이 극단적이라고 할 만큼 다릅니다. 쓸 말이 아주 많은지 'L' 사이즈 20장을 거뜬히 고르는 손님이 있는가 하면, 쓸 말이 몇

자 안 되는지 'S' 사이즈 1장만 고르는 손님도 있습니다. 사실 직접 편지를 쓰기 전까지는 자신이 어느 쪽인지 정확히 알기 어렵지요. 할 말이 많다고 생각했지만 몇 자 적지 못했다는 사람도 있고, 무슨 할 말이 있을까 싶었는데 막상 쓰기 시작하면 할 얘기가 멈출 수 없이 흘러나온다는 사람도 있습니다.

이렇게 다양한 편지 가게의 손님을 생각하다 보면 편지지 크기 또한 다양하게 구성해야겠다는 생각을 자연스레 하게 됩니다. 편지글의 적당한 분량이 어느 정도인지 가늠하지 못하겠다는 이들을 위해 편지 가게에서 미리 제품으로 제안하는 것이죠. 글월에는 세 가지 크기의 편지지가 있습니다. A4 용지의 절반 크기인 A5(148*210mm), 그 반절 크기인 A6(105*148mm), 또 그 반절 크기인 A7(75*105mm)입니다. 가장 큰 편지지인 'L' 사이즈 편지지의 크기를 A5 크기로 정한 것은 당시 제가 즐겨 쓰던 편지지가 A5 크기였는데, 그것이 편지 쓰기에 이미 익숙한 사람이 편하게 쓸 수 있는 분량을 담는다고 생각했기 때문입니다. 그래서 기준을 'L' 크기로 삼고 그보다 작은 크기의 'M'과 'S' 편지지를 만들었습니다. 그러면서 큰 것과 작은 것의 중간인 A6 크기의 'M' 편지지를 가장 많이 찾지 않을까 예상했지요. 하지만 그동안 판매된 추이를 보면 예상 외로 중간 사이즈 'M'이 가장 인기가 없습니다. 이런 걸 보면 편지를 쓰는 데 사람들이 가장 선호하는 크기라는 건 없는 게 아닐까 생각하게 됩니다. 그러니 편지지를 고를 때는 무엇보다 내가 쓰려는 편지 글의 리듬을 먼저 생각해 보면 좋을 것입니다. 간단한 감사 인사만으로도 충분하다면 작은 사이즈의 편지 사이즈를 선택하고, 당장은 정리되지 않았지만 평소 편지지 한 장의 분량으로 거뜬히 편지를 썼다면 중간 사이즈의 편지지를 서너 장 정도 준비해 봅니다. 할 말이 많다면 여지없이 넉넉한 크기의 편지지를 사면 되겠죠. 인삿말로 시작해서 중심 내용을 적고 끝인사로 마무리하기까지의 글의 리듬을 생각해 봅시다. 그럼 편지지의 크기를 고르는 게 보다 수월해질 겁니다.

쓸모에 따라 감안할, 편지지의 두께

문구용품을 만드는 사람들을 만나 이야기를 나눠 보면 우리나라 사람들은 대체로 두꺼운 종이를 선호한다는 얘기를 종종 듣습니다. 펜으로 썼을 때 종이 뒷면에 글자나 그림이 비치지 않아야 '좋은 제품'이라고 인식한다는 것이죠. 물론 두꺼운 종이일수록 뒷면에 비치지 않는다는 장점이 있고, 또 같은 지종인 경우 종이가 두꺼울

수록 종이 가격이 비싼 것도 사실이니 값으로만 생각하면 두꺼운 종이일수록 좋은 종이라고 생각할 수도 있겠습니다. 하지만 좋은 종이의 기준을 단순히 그렇게만 생각할 것은 아닙니다. 제가 즐겨 쓰는 노트는 대체로 종이 두께가 아주 얇습니다. 얇은 종이이니 앞면의 글씨가 뒷면에 비치는 건 당연하죠. 하지만 저는 얇은 종이를 넘길 때의 가벼운 팔랑임과 한 손으로 들었을 때 가뿐한 무게감을 좋아해서 상대적으로 두꺼운 종이보다는 얇은 종이의 노트를 선호합니다. 두께가 얇아도 감탄이 절로 나오는 좋은 품질의 종이가 많습니다. 많은 종이 회사에서 얇고 가벼우면서도 잉크의 비침과 번짐이 적은 종이를 개발하기 위해 애를 씁니다. 물론 쓸모에 따라서 거칠고 두껍고 번짐이 많은 종이를 일부러 쓰는 경우도 있고요.

그러니 본인의 사용과 쓸모에 따라 적합한 종이를 선택하면 되겠지요. 다만 편지지라는 용도에 맞추어 고려해야 할 것을 몇 가지 말하자면, 우선 편지를 다 쓴 후 편지 봉투에 접어서 넣는다는 것을 고려하면 좋습니다. 한 장의 편지라면 모르지만 여러 장의 편지를 쓸 거라면 그만큼 불룩해질 편지 봉투를 고려하여 편지지 종이 두께를 선택하면 좋습니다.

우체국에 접수할 예정이라면 더더욱 두꺼운 종이의 편지지를 고르는 데 신중해야 합니다. 우편 상품 종류에 따라 편지 무게로 우편 요금이 달라질 수 있고, 판판하게 잘 접혀야 봉투에도 잘 들어가며, 봉투가 뚱뚱해지지 않아야 우체국에서 편지를 발송하는 기본적인 기준을 맞출 수 있기 때문입니다. 우체국에서 정한 두께 규격은 누르지 않은 자연 상태에서 최소 0.16밀리미터, 최대 5밀리미터입니다. 대체로 우리가 일상에서 사용하는 용지는 80그램, 100그램 정도입니다(보통 업계에서 종이의 두께를 이야기할 때는 평량의 단위인 g/m^2를 사용하는데, 지칭할 때는 그냥 몇 그램, 몇 그램짜리 종이라고 부릅니다). 제가 선호하는 종이는 보통 성경책이나 사전 종류의 내지에 쓰이는 인디언지 같은 40그램 미만의 얇은 경량지로, 선호도가 확연히 나뉘는 지종입니다. 아직 이 경량지로 편지 세트를 만들어 보지는 못했습니다만, 언젠가는 제가 즐겨 사용할 용도로 만들어 보고 싶습니다. 글월의 베스트셀러 편지 세트는 '제비 세트'인데 이 편지지에 사용하는 종이는 100그램으로 조금 도톰한 느낌입니다.

쓰는 이를 고려한, 편지지 디자인

글월에서 제작한 편지지는 특별한 디자인 요소가 있기보다 글자를 쓰기 편하도록 선만 넣은 것이 대부분입니다. 누군가는 담백하다고도 하지만, 사실 눈길을 단박에 사로잡는 특별한 매력이 있는 편지지와 봉투들은 아니지요. 이런 편지지를 만드는 건 편지지의 완성은 결국 글자가 적힐 때라고 생각하기 때문입니다. 여백과 약간의 모자란 구석이 있어야 쓰고 싶은 편지지가 되는 것 같습니다. 완벽한 레이아웃과 디자인의 편지지는 쓰고 싶은 마음보다 소유하고 싶은 마음을 더 키우는 것 같습니다. 갖고 있어도 선뜻 사용을 못합니다. 행여 내 글씨가 그 완벽함을 망칠 것 같거든요. 그럼에도 항상 여백과 모자람이 있는 편지지만 만드는 건 아닙니다. 제가 제작하는 편지지 중에는 쓰기를 위한 편지지와 소장을 위한 편지지가 은밀히 나뉘어 있기도 합니다.

편지지를 고를 때는 그 지면에 내가 글씨를 써 넣은 모양을 상상하며 골라 보는 것도 좋습니다. 디자인에 현혹돼서 산 편지지는 막상 쓰려고 하면 손이 잘 가지 않을 때가 있는 것 같아요. 좋아하는 특정한 컬러가 들어 있거나 완전히 마음을 뺏긴 디자인의 편지지에는 늘 마음이 약해집니다만, 그렇지 않다면 조금은 까탈스럽게 편지지를 고르는 편입니다. 축하, 감사, 우정, 사랑, 일상의 다양한 마음을 전할 때를 감안해 보고, 내 글씨로 채워져 완성된 모습을 그려 보며 편지지를 고르기를 추천합니다.

알수록 즐거운, 편지지의 질감

편지지와 봉투를 제작하면서 가장 많은 공부가 필요한 부분은 단연 종이입니다. 공부를 하면 할수록 알아야 할 것이 방대하게 많아집니다. 문구를 좋아하는 분 중에는 특히 '종이' 자체에 관심을 가진 분도 꽤 많습니다. 아마 종이 질감에 따른 촉감이나 종이 종류에 따라 달라지는 필기감 같은 것에 흥미를 느껴서 그런 것 같습니다. 편지 가게에 있다 보면 가지런히 쌓인 편지지와 편지 봉투를 보며 종이가 주는 안정감과 차분함에 매력을 느끼는 이들도 있는 것 같단 느낌을 받습니다.

어떤 종이를 골라 편지지와 편지 봉투를 만들었느냐에 따라 완성된 편지의 분위기가 미묘하게 달라집니다. 표면이 거친 종이, 매끈한 종이, 얇은 스트라이프 패턴으로 우둘투둘한 종이, 지류회사의 자부심으로 회사명을 찍어 놓은 고급지, 입자가 거친 매력이 있는 한지, 앞뒤가 비치는 반투명한 트레싱지, 약포지로 익숙한 글

리신지 등. 같은 흰색 종이라도 가공 방식에 따라 투명도와 미색의 정도가 모두 다릅니다. 그냥 지나치던 부분도 관심이 생기면 세심하게 눈에 들어오니 보는 재미가 크죠. 평소 좋아하는 노트가 있다면 그 노트의 종이가 어떤 종류인지, 어떤 느낌이었는지 알아 두는 것도 좋은 기준이 될 겁니다. 만져 보았을 때 종이의 두께는 어느 정도였는지, 흰색 중에도 완전히 백색이었는지 미색이 가미된 것이었는지, 표면의 질감이 매끈하고 부드러웠는지 거칠었는지 등을 알아 두는 거죠. 혹은 주로 쓰는 필기구가 무엇인가에 따라서도 종이를 달리해서 고를 수 있습니다. 만년필처럼 뾰족한 촉으로 종이를 긁으며 잉크를 새기는 펜은 밀도가 높고 촉감이 거칠지 않으며 미세하게 광이 나는 종이를 찾아 쓸 것을 추천합니다. 밀도가 촘촘한 종이일수록 번짐 없이 또렷하게 글자를 쓸 수 있습니다. 연필을 주로 쓰는 분들이라면 흑연이 뭉개지는 느낌을 좋아할 테니 종이를 만졌을 때 촉감이 조금 거친 것을 고르면 사각사각하는 느낌을 좀 더 즐길 수 있습니다. 평소 즐겨 쓰는 필기구의 종류에 따라 종이를 달리해서 한번 써 보세요.

편지의 첫인상, 편지 봉투

편지 봉투는 편지의 첫인상입니다. 고심해서 쓴 편지를 정성껏 담는 역할도 하지만, 받는 사람의 입장에서 생각하면 편지 봉투는 그 편지의 '첫인상'이 됩니다. 때문에 어떤 인상을 주고 싶은가에 따라 느낌을 달리해 봉투를 고를 수 있습니다. 글월의 가장 기본 편지 봉투 종류인 '미상'untitled은 '친근한' 인상을 줍니다. 부드러운 미색 종이에 둥근 모서리, 촉감이 매끄러운 종이를 사용하고 있습니다. 감각적인 컬러의 편지 봉투라면 세련된 인상을 줄 수도 있고, 좀 더 두꺼운 종이로 만든 편지 봉투라면 빳빳하고 단단한 인상을 줄 수도 있겠지요.

받는 사람에게는 그 편지 봉투가 편지의 첫인상이므로 편지지만큼이나 고심해서 봉투를 고르게 됩니다. 편지지 종이와 마찬가지로 편지 봉투의 종이 두께, 재질, 디자인에 따라서도 느낌이나 쓸모가 달라지니 한번 생각해 보시길 바랍니다. 요즘은 누군가에게 우편으로 편지를 보내는 일이 많지 않다 보니 편지 봉투의 쓸모가 수신자, 발신자의 주소를 적는 원래의 용도보다는 편지지를 담는 용도로만 겨우 쓰이는 것 같습니다. 그래도 "○○에게 △△이가" 하는 식으로 정성껏 적은 글씨와 함께 받는 이에게 전해질 때의 첫인상을 좌우하는 것이 편지 봉투이니 어떤 인상을 전하고 싶은지 생각해 보면 좋겠지요.

{ 11 }

편지 쓰기 좋은 장소

편지를 쓰는 것도 따로 장소를 정해 써야 하나 싶겠지만, 편지를 쓸 때 장소는 아주 중요합니다. 어느 곳에서 쓰느냐에 따라 편지 분량이 달라지기도 하고, 내용에도 영향을 끼칠 수 있기 때문이죠. 공간에는 사람과 분위기, 음악, 생활 소음 등 여러 요소가 복합적으로 뒤섞여 있기 마련입니다. 그래서 편지를 쓸 때 적당한 장소를 고민해 선택하는 편입니다.

먼저 조금의 '긴장감'이 필요할 때는 카페를 선택합니다. 타인의 시선과 나의 시선이 뒤섞이는 카페에는 기분 좋은 긴장감이 있습니다. 또한 사람들이 웅성거리는 소리, 의자 끄는 소리, 멀리서 들리는 차 소리 등 각종 백색소음 속에서 저마다 본인의 일에 폭발적인 집중력을 발휘하게 되는 곳이기도 하죠. 너무 조용한 공간보다 약간의 소음과 조금은 의식할 수밖에 없는 타인의 시선이 더해진 그곳에서 집중력을 발휘하고 있는 자신의 모습이 퍽 멋지다고 생각하는 건 지나친 자아도취라고 할지도 모르지만, 그런 이유가 카페라는 공간이 주는 장점이기도 한 것 같습니다. 그러니 집중력을 요구하는 편지를 써야 할 때는 카페처럼 적당한 백색소음과 사람들이 있는 공간을 추천합니다. 타인의 시선과 카페인과 편지. 이 세 조합이 절묘하게 뒤섞인 곳에서 쓰지 못할 편지는 없는 것 같습니다. 저절로 집중해서 살짝 긴장감을 유지한 채 편지를 쓰게 됩니다. 글씨를 바르게 쓰기 위해서 연습장에 글자 연습도 조금 합니다. 어떤 때는 휴대전화나 노트북에 미리 써 놓은 내용을 보면서 옮겨 적기도 합니다. 이렇게 카페에서 편지 한 통을 완성하고 나오면 대단히 큰일을 해결한 기분이 듭니다. 집으로 가는 발걸음이 한결 가벼워지기까지 합니다.

　편안한 마음으로 편지를 쓰고 싶을 때는 아무래도 제일 익숙한 공간인, 집을 선택합니다. 집에 있는 나만의 공간은 익숙한 물건과 옷가지, 책들이 쌓여 있는 아주 사적인 공간이기도 하고, 몸이든 마음이든 긴장이 풀리는 공간이니 다른 장소보다 편안한 마음으로 편지를 쓰게 됩니다. 그러면 당연히 편지 내용에 시시콜콜한 농담도 적게 되고 모아 둔 스티커도 붙여 가며 편지 쓰는 시간이 점점 길어지죠. 잠깐 커피도 내리고 간식도 먹으면서, 카페처럼 타인과 뒤섞인 공공장소보다는 좀 더 느슨한 템포로 편지를 쓰게 됩니다. 그래서인지 집에서 쓰는 편지는 미처 완성하지 못한 채 며칠 동안 책상에 놓여 있기도 합니다. 아주 조금씩, 조금씩 써 나갈 때도 있습니다. 그러다 마음에 안 들면 구겨서 휴지통에 버리기도 하고요. 그래도 그렇게 손을 여러 번 대면서 조금씩 쓰다 보니 여유와 정성이 한껏 더해진 편지가 되는 것도 같습니다.

저의 경우는 직업이 이렇다 보니 일로 편지를 써야 하는 경우도 있습니다. 그럴 때는 작업실을 이용합니다. 이렇게 쓰는 편지는 '오늘 해야 할 일'의 목록에 있는 일종의 업무입니다. 일을 통해 만난 사람들에게 쓰는 편지는 대체로 전할 말이 확실합니다. 물론 작업실에서 쓰는 편지라고 평소와 다르게 특별히 톤이 달라지는 건 아니지만 다른 장소에서 쓸 때보다 쓰는 속도는 확실히 빨라집니다. 어서 끝내고 다음 업무로 넘어가야 하니까요. 업무인 만큼 짧지만 정확하게 용건을 전하기 위해 힘을

쏩습니다. 다른 장소에서 쓸 때와 달리 긴 분량을 쓸 수 있는 편지지보다는 카드나 엽서 종류를 택해서 씁니다. 업무로 편지를 쓰는 가장 보편적인 경우는 회사에서 업무 메일을 쓰는 것이겠지만, 혹시 업무상이더라도 손글씨로 마음을 전해야 할 때는 카드나 엽서 종류의 지면을 이용하면 부담스럽지 않은 적당한 분량으로 간략하게 쓸 수 있습니다.

기차에서 편지를 써 본 적이 있나요? 빠르게 지나가지만 평소와 다른 풍경이 펼쳐지는 기차는 의외로 편지 쓰기에 좋은 공간입니다. 대부분 잠에 빠져든 사람들로 주위는 고요하고, 창문으로는 시야가 트이는 전원 풍경이 펼쳐지고, 규칙적인 기차의 진동이 어쩐지 편안하게 느껴지는 기차 칸의 공간은 편지 쓰기에 또 하나의 완벽한 공간이 됩니다.

프랑스에서 독일로 가는 기차를 탔을 때였습니다. 한밤에 출발해 다음 날 오전에 도착하는 일정이었는데 일행과 함께 쓰는 침대칸에서 저는 이층 침대 위쪽에 자리를 잡았습니다. 온통 깜깜한 밤을 달리는 기차 안 이층 침대에서 핀 조명 하나만 켜 놓고 편지를 썼던 추억이 잊히지 않습니다. 그런 심야 기차라는 특별한 경험이 아니어도 덜컹대는 기차에서 누군가를 떠올리며 편지를 써 보길 추천합니다. 내가 있던 장소에서 떠나왔거나 다시 돌아가는 중에 떠오른 누군가에게 그때의 심상을 전하는 느낌은 새롭고도 특별한 경험이 될 것입니다. 같은 이유로 비행기 기내도 편지를 쓰기에 좋은 장소인 것 같습니다. 기차 안과 비슷한 느낌인데, 묘하게 기차 안의 공기와 다르게 느껴지는 것은 하늘을 날기 때문인 것 같아요. 설레는 기분으로 이런저런 말들을 길게 적게 됩니다. 기차든 비행기든 여행자의 심상이 되어 쓰는 편지 글은 특별하게 느껴집니다. 그것은 아마 그 편지를 받는 사람에게도 그럴 것 같습니다.

{ 12 }

답장하기

이전의 편지는 정보를 전달하고 사람들 간의 관계를 잇는 역할을 했으니, 답장이 오가는 일이 많았습니다. 현재의 편지는 이전과 쓸모가 다릅니다. 편지가 아니라도 정보를 얻고, 관계를 이어가기에 충분한 수단들이 많아졌죠. 때문에 편지를 쓰고 답장까지 연결되는 빈도는 현저히 줄어들게 됐습니다. 답장을 예상할 수 없는 편지가 오가는 건 지금 시대에 자연스러운 현상인 것 같습니다. 이에 아쉬움이 드는 건 우리가 문득 편지 한 통을 받는 것만큼이나 자신이 보낸 편지에 반응해 돌아오는 답장을 받는 것을 좋아하기 때문이겠죠.

어떤 편지에는 즉시 답장을 하게 되기도 하고 어떤

편지는 받은 것으로 종결됩니다. 답장을 쓸 때는 편지를 쓰기로 마음을 먹는 것만큼이나 시간이 필요합니다. 저는 어떤 마음으로 답장을 쓰는지, 답장을 쓸 때 어떤 방법으로 쓰는지 정리해 봤습니다

답장을 쓰기로 정한 편지는 일종의 숙제 같은 것이라, 해야 할 일을 잊지 않도록 데스크탑 아래, 키보드 위에 두곤 합니다. 효과가 있습니다. 키보드 위에서, 컴퓨터 앞에서 존재감을 드러내고 있으니 빨리 답장을 써서 해결해야겠다는 마음을 갖게 되거든요. 그러니 꼭 답장이 필요한 편지라면 쉽게 눈에 띄는 곳에 두면 잊지 않고, 이른 시일 내에 보내는 데 도움이 됩니다. 답장을 해야 치울 수 있다는 (스스로 정한) 룰이 있어서 쉽사리 치우지도 못합니다. 아무리 미루어도 계속 눈에 밟히니 결국 답장을 쓰려고 책상에 앉게 됩니다.

편지지와 봉투를 준비한 후, 받은 편지를 꺼내 한 차례 읽어 봅니다. 편지의 주된 이야기가 무엇인지 다시 한번 파악을 하는 거죠. 그리고 내가 왜 답장을 쓰고 싶었나를 서두에 적습니다. 예를 들면 이런 거겠죠. "네 편지를 읽고 '하고 싶은 말'이 떠올라서 답장을 보내." 답장을 쓸 때는 지난 편지의 내용을 되짚으며 받은 편지의 내용을 일부 적어 주는 것도 좋습니다. 아무래도 시간이

조금 흘렀고, 편지를 쓴 사람도 자신이 어떤 내용의 편지를 썼는지 가물가물할 수 있으니까요. 그러니 어떤 내용의 편지에 답장을 썼는지 모호하게 쓰는 게 아니라 구체적으로 적습니다. 예를 들어 "그 편지를 읽고 고마운 마음이 들었어." 이렇게 두루뭉술하게만 쓴다면 상대는 분명 이렇게 생각할 겁니다. '내가 뭐라 썼더라?' 저처럼 답장을 쓰는 데 조금 시간이 필요한 지인을 뒀다면 편지를 읽으며 더욱 그런 생각이 들겠죠. 반면 "그날 우리가 ○○카페에서 나눈 대화에 신경이 쓰인다고 적었지. 나는 그 마음이 고마웠어."라고 쓰면 ○○카페라는 '장소'와 '대화'라는 단어가 들어가 조금 더 구체적으로 느껴집니다. 그럼 여기서 조금 더 구체적으로 적어 볼까요?

"11월 말 ○○카페에서 저녁을 먹으며 나누었던 나의 불안정한 미래와 진로 고민에 대해 네가 했던 말이 신경 쓰인다고 했지. 나는 그 마음이 되레 고마웠어."

어떤가요. 시간과 장소, 함께 나눈 대화 내용이 구체적으로 상기되니 답장을 받은 그 친구 역시 시간이 좀 지났어도 자신이 편지를 썼을 때의 마음을 또렷하게 기억할 겁니다. 어떤 이는 본인이 쓴 편지를 부치기 전에 스캔을 하거나 휴대전화 사진으로 남겨 둔다고 하던데요, 각자 익숙하고 편한 방법을 찾으면 될 것 같습니다.

중요한 것은 답장을 쓸 때 먼저 온 편지의 내용을 한번 언급해 주는 것이 서로에게 도움이 되는 것 같다는 겁니다.

또 하나! 답장에도 유효 기간이 있는 것 같습니다. 결국 마음이 오가는 일이니 너무 시간이 흐르면 마음의 온도와 색깔이 달라질 수 있으니까요. 답장을 너무 미루지 않길 바랍니다.

{ 13 }
펜팔 편지

글월에는 '펜팔 서비스'가 있습니다. 가게에 들어오면 편지가 한데 모인 펜팔장이 보입니다. 글월에서 준비한 펜팔은 일반 펜팔과 조금 다른 점이 있습니다. 보통 펜팔이라 하면 상대방의 주소 혹은 메일 주소 등 일부 정보를 공유하고 편지를 주고받는 것인데요, 글월의 펜팔 서비스는 서로 아무런 정보가 없는 채로 첫 편지를 쓰는 것에서 시작됩니다. 글월에서 펜팔 서비스를 이용하는 방법은, 먼저 가게에서 편지 한 통을 씁니다. 일상의 이야기나 요즘 하는 고민, 터놓고 싶은 비밀 등 무엇에 관해서건 쓸 수 있습니다. 다만 누가 그 편지를 읽게 될지는 아무도 알 수 없습니다.

받는 이를 정하지 않고 쓰는 편지는 대나무숲과 같은 역할을 합니다. 특별한 대상이 없으니 자신의 이야기를 오히려 편하게 터놓게 되죠. 또한 편지글을 쓰면서 생각이 정리되는 묘한 경험이 생기기도 합니다. 이렇게 한 통의 편지를 써서 펜팔장에 편지를 둡니다. 그리고 다른 사람이 같은 방식으로 쓴 편지를 한 통 가져옵니다. 그 이후는 우리가 아는 일반적인 펜팔처럼 서로의 정보가 일부 공유되고 답장을 주고받을 수 있도록 진행됩니다.

이 방식을 떠올린 건, 처음 편지 가게를 한다고 말했을 때 주변 사람들의 반응 때문이었습니다. "그럼 펜팔도 할 수 있어?"라는 질문을 종종 받았는데, 펜팔의 경험이 전혀 없던 저로서는 뚜렷하게 별다른 아이디어가 떠오르지 않았습니다. 그런데 같은 질문을 반복해서 받다 보니 가게 한쪽에 펜팔을 위한 공간을 마련해야겠다는 생각이 자연스레 들었습니다. 제 주변 지인들처럼 '편지'하면 '펜팔'을 떠올리는 사람들을 위해서 말이죠. 기존의 펜팔 방식을 그대로 구현할까도 생각해 보았지만, 펜팔이 익숙하지 않은 사람도 참여할 수 있도록 다르게 해석해서 풀어 보고 싶었습니다. 우선 저부터 이전에 펜팔을 하지 않았던 이유가 뭐였을까 생각해 보았지요. 누군가와 연결되고 싶기도 하지만 나를 드러내고 싶지도 않은 이중적인 마음이 이유인 것 같았습니다. 이를 생각하며 펜팔에서 가장 중요한 점이 무엇일까 고민했습니다. 그러고 보니 펜팔은 누군가와 편지를 교환한다는 점이 가장 중요한 포인트이고 이를 교환하는 기준이 필요하겠다고 느꼈습니다. 이 두 가지 생각과 글월이라는 공간을 감안해 모든 규칙을 새로 정립해 보았습니다. 첫째, 첫 편지는 글월에서 작성해야 한다. 둘째, 편지는 누가 받을지 모르는 채로 쓴다. 셋째, 답장은 필수가 아니다. 넷째, 답장 교환 시 글월이 중간에서 다리 역할을 하여 상대가 서로 마주치지 않도록 한다.

이렇게 기준을 세우고 보니, 편지를 주고받는 부담이 적어지고, 성별이나 어떤 편견 등에서도 벗어나게 되는 등 흥미로운 구석이 많아졌습니다. 제가 펜팔 경험이 없던 것이 오히려 도움이 된 셈이죠. 그뿐만 아니라 주소와 메일 주소 등의 개인 정보를 공유하는 부분에서의 리스크도 줄일 수 있었고요.

펜팔 서비스를 이용하려고 글월을 찾는 손님의 수는 생각보다 꽤 많습니다. 연희점과 성수점 두 곳에서 한 달 평균 150여 명의 사람이 펜팔 편지를 쓰고 교환해 갑니다. 대체로 다른 이의 편지를 읽고 싶어서 편지를 쓰는데, 모르는 사람에게 편지를 보낸다는 것에 흥미를 느끼는 사람도 많았습니다. 사람들이 주고받는 편지가 점점 늘다 보니 그 와중에 특별한 에피소드도 생겼습니다.

어느 낮에 글월로 전화 한 통이 왔습니다. 초등학생 여자아이 세 명과 가게에 방문해서 펜팔 서비스를 해도 되느냐는 한 학부모의 문의 전화였습니다. 무료한 평일 낮을 보내던 중이라 왠지 더 반가웠지요. 얼마 지나지 않아 계단에서부터 아이들의 목소리가 들렸습니다. 문이 열리고 어머님 한 분과 초등학생 세 명이 가게로 들어왔습니다. 공간은 아이들의 소리로 어느 때보다 활기가 돌았죠. 차분하던 공간이 오랜만에 왁자지껄한 공간이 되니 그것대로 만족스럽더라고요. 아이들에게 펜팔 서비스를 설명하고 편지지와 봉투를 고르게 했습니다. 수납장을 이래저래 여닫으며 자기들끼리 어떤 편지지와 봉투가 좋은지 이야기하며 고심해서 고르더라고요. 저는 그사이에 펜과 스티커, 스탬프를 챙겨 주고, 특별히 색연필도 준비해 줬습니다. 아이들은 좁은 테이블에 모여 앉아 순식간에 집중하더니 무언가 쓰고 그리는 것을 능숙하게 했습니다. 20분 정도가 지났을까요. 세 통의 편지가 완성됐습니다. 테이블을 정리하고 편지를 고르기로 하고 보니 연필과 색연필로 테이블이 시커멓게 변해 있었습니다. 어머님은 사색이 돼서 거듭 사과하셨고, 괜찮다며 여러 번 말씀드렸지만 결국 나중에 아버님이 매직폼까지 사 들고 와서 아이들과, 테이블을 말끔하게 청소하고 갔습니다. 사실 테이블이야 어떻든 전혀 상관이 없었는데 말입니다. 그저 이런 사소한 일로 온 가족이 글월에 모인 것이 어찌나 귀엽고 다정하던지 한동안 흐뭇함을 감출 수 없었습니다. 이날 저는 펜팔 서비스는 아이들도 즐길 만큼 흥미로울 수 있겠다는 확신이 들었습니다. 그러니 연령 제한을 둘 필요도 없겠다 싶었고요.

　그런데 그날의 편지는 또 다른 이야기를 만듭니다. 부산에서 한 손님이 찾아왔습니다. 손님은 유독 펜팔 서비스에 관심이 많았습니다. 서비스를 신청하고 편지를 완성한 손님은 펜팔장에 본인이 쓴 편지를 두고 가져갈 편지를 고르고 있었습니다. 어떤 편지를 고를까, 하고 신난 표정이 인상적이었죠. 손님은 펜팔장을 두루 살펴보더니 두 통의 편지를 손에 쥐고 한참을 고민했습니다. 고민이 길어지는 것 같아 선택에 도움이 되는 약간의 힌트를 주기로 했습니다. 손님이 들고 있던 두 통의 편지를 어떤 이가 쓰고 갔는지 저는 알고 있기 때문이기도 했고, 딱 그 두 편지를 들고 고민하는 모습이 제게 흥미롭게 느껴졌기 때문입니다. 한 통은 40대 남성의 것이었고, 다른 한 통은 초등학교 4학년 여자아이의 것이었습니다. 저는 손님에게 편지를 쓴 두 사람의 나이 차이를 대략 말해 주었습니다. 조금 놀라는가 싶더니, 봉투에 스티커가 잔뜩 붙은 아기자기한 봉투를 골랐습니다. 그렇게 한 3주 정도가 지났을까요? 부산 손님이 다시 글월에 방문했습니다. 지난번에 가져간 편지에 답장하려고 한다면서 그 펜팔 편지에 얼마나 감동하였는지 사연을 풀어놓았습니다.

손님은 글월을 방문하고 돌아간 그날 연희동에서 서울대 입구로 가는 택시를 탔다고 합니다. 하필 퇴근 시간과 겹쳐 꽉 막힌 도로에서 꿈쩍도 못하고 있던 중 손님은 부산으로 돌아가는 기차 안에서 읽으려던 편지가 생각 나 가방에서 꺼내 읽었다고 합니다. 그런데 편지의 첫 줄에 그만 왈칵 눈물이 쏟아져서 흐르는 눈물을 주체할 수 없었다고 합니다. 얘기를 듣던 저는 눈물을 흘렸다는 말에 깜짝 놀라며 대체 어떤 말이 적혀 있었냐고 물었습니다. 당시 손님은 인간관계로 조금 지쳐 있었다고 합니다. 그 손님은 평소 에너지가 넘쳤고 제가 보기엔 늘 주변 사람에게 응원과 배려를 아끼지 않는 활기

찬 사람이었는데 말입니다. 제게도 늘 작은 선물과 쪽지로 편지 가게에 응원을 보내 주던 사람이었으니까요. 본인이 그런 사람이라서 그랬을까요. 자신도 누군가에게 그런 응원의 말을 듣고 싶었던 것 같다고 합니다. 그런데 문득 펼친 편지 첫 줄에서 생각지도 못한 응원의 말을 만나 벅찬 감동을 받았다고 합니다. 그러면서 그나마 택시에서 읽기를 잘한 것 같다며 멋쩍게 웃었습니다. 그 모습이 어찌나 사랑스럽던지요. 얼굴 한번 보지 못했고, 이름도 모르지만 순수한 마음이 가득한 초등학생의 응원에 손님은 큰 위로를 받았다고 합니다. 그는 이후에도 인간관계에 지치거나 의심이 들 때면 그 편지를 자주 꺼내 본다고 합니다.

펜팔 편지를 보면서 마음이 통하는 순간을 보게 됩니다. 서로 모르기 때문에 우리는 조금 더 솔직해지고 꾸밈이 없어질 수 있는 것 같습니다. 편지를 쓰는 것만으로도 무언가 해소되는 것을 느끼기도 하고, 뜻하지 않게 위로받기도 하고요. 이런 매력이 지금까지도 펜팔이 사랑받는 이유인 것 같습니다.

글월의 펜팔 서비스는 이런 식으로 진행이 됩니다만, 애플리케이션으로 간편하게 경험할 수 있는 펜팔도 있습니다. 익명 펜팔 앱 '슬로우리'SLOWLY를 이용하는 것인데요, 한글로 편리하게 펜팔 친구를 찾고 안전하고 간편하게 편지를 보낼 수 있습니다. 펜팔을 즐겁게 하는 리워드도 다양하게 준비되어 있어서 펜팔 입문에 도움이 될 것 같아 추천합니다.

{ 14 }
편지 담은 책

편지 가게 글월을 운영하면서 그제야 서간집이 책의 한 카테고리로 분류된다는 것을 알았습니다. 전에는 편지 관련한 책이 그리 많은 줄도 몰랐어요. 이전까지 제가 알던 편지 관련한 책이라곤 그나마 정현주 작가의 『우리들의 파리가 생각나요』(예경, 2015) 한 권뿐이었습니다. 화가 김환기가 그의 아내 김향안에게 보낸 그림편지를 소재로 정현주 작가가 파리 곳곳을 직접 답사하며 그들의 삶과 예술, 사랑을 자연스레 녹여 낸 에세이인데 사실 그마저 저는 그들의 그림편지보다 김환기라는 화가에 더 관심을 가지고 읽었습니다.

그런데 글월을 열고부터 편지가 소재인 새로 나온

책이나 서간집 종류의 신간이 나오면 주변에서 너도나도 그 소식을 알려 주었고, 저 또한 제목에 '편지'가 들어간 온갖 콘텐츠에 눈길이 가면서 어느새 편지 관련한 책이나 콘텐츠가 저의 주 관심사가 될 수밖에 없었습니다. 그리고 조금만 살펴보니 우리가 잘 아는 친근한 작가들이 쓴 편지를 생각보다 쉽게 접할 수 있었습니다. 편지 관련한 책을 발견할 때마다 수집하듯 한 권씩, 한 권씩 모으고 읽고 있습니다. 이를 읽는 동안 편지가 지닌 가치가 무엇이고, 편지의 어떤 점이 사람들의 마음을 건드리고 사랑받는지 조금 알게 되기도 하고, 더불어 앞으로 편지를 쓸 때 어떻게 써야 할지 도움을 얻기도 합니다. 편지가 소재나 주제인, 함께 읽고 싶은 책 몇 권을 소개합니다.

편지의 의미를 알고 싶을 때

—『투 더 레터』(아날로그, 2018)

이 책은 출판사 편집자의 추천으로 알게 된 책입니다. 606쪽의 꽤나 두꺼운 분량의 책이지만 흡입력 있어 며칠 만에 읽었던 기억이 납니다. 이 책을 쓴 사이먼 가필드는 영국의 인문학자이자 논픽션 작가입니다. 방대한 역사를 흥미롭게 압축해 보이는 데 탁월한 재능을 지닌 작가인 만큼 고대 로마 유적지에서 발굴한 편지 서판부터 오늘날의 이메일까지, 스무 세기에 걸친 편지의 방대한 역사와 정보가 가득하지요. 이 책이 제게 흥미로웠던 이유는 편지의 의미를 알려 주었기 때문입니다. 앞서 저는 편지 가게 주인임에도 그동안 편지를 많이 썼다거나 오랫동안 접해 온 것이 아니라고 고백했는데요, 그래서 꾸준히 오랫동안, 자주 편지를 써 온 사람들에게 편지의 의미를 늘 묻고 싶었습니다. 『투 더 레터』를 통해 알게 된 편지의 의미는 공통적으로 '사랑'을 가리키고 있습니다. 그리고 애정 어린 시선으로 편지를 바라보는 관점이 느껴져 더 기분 좋게 읽기도 했습니다. 편지가 가지는 의미가 옅어진다 싶을 때쯤 이 책을 꺼내 읽으며 그 의미를 되새기곤 합니다. 그러니 제게는 아주 소중한 책입니다.

이 작가가 편지에 관심을 가지고 책까지 집필한 계기는 다름 아니라 편지가 현관 앞 깔개에 떨어지면서 난 소리 때문이라고 합니다. 편지가 바닥에 떨어지면서 나는 찰나의 소리에 설렘과 행복을 느꼈다고 하죠. 그 좋은 기분이 과연 언제부터 우리에게 어떤 존재로 곁에 있었는지 살펴보기로 한 것입니다. 어떤 종류의 호기심은 이렇듯 아주 사소한 것으로부터 시작됩니다. 아주 사소한 이유라서 퍽 공감은 안 되지만 어떤 감성을 지닌 작가인지는 가늠할 수 있지 않나요? 이 책의 힘은 왜 우리가 편지를 잊으면 안 되는지, 그동안 편지는 인류에 어떤 영향을 주었는지 친절하게 설명하는 데 있습니다. 목차에 들어가기 전 요한 볼프강 폰 괴테의 말을 인용해 놓았는데 어떤 문장보다 편지의 가치가 잘 드러나서 제가 반복해서 읽곤 합니다.

"우리는 편지를 간직해 두고는 다시 읽지 않고, 분별력을 잃어 결국 없애버리고 만다. 그래서 우리 자신과 다른 사람들에게 돌이킬 수 없는, 가장 아름답고 가장 즉각적인 삶의 숨결이 사라진다."

읽고 나면 그동안 받았던 편지를 어디에 뒀던가, 그 편지에 어떤 말이 적혀 있었나, 저도 모르게 떠올려 보게 됩니다.

편지의 정석은 사노 요코
— 『친애하는 미스터 최』(남해의봄날, 2019)

사노 요코의 편지는 정석과도 같습니다. 그녀처럼만 편지를 쓸 수 있다면 더할 나위 없지 않을까, 늘 생각합니다. 이렇게 말하는 이유는 우선 글이 정말 재밌습니다. 누구보다 솔직하게 생각을 털어놓아서 아주 요염하고 생기 넘치는 글로 다가옵니다. 가만 보면 우리는 편지를 '재미'에서 한 발짝 떼 놓는 것 같습니다. 마음을 전하는 것이 언제부터 진지하고 어려운 게 되었을까요? 잘 쓴 편지를 보면 시간 가는 줄 모르고 읽게 되는데 말이죠.

마치 친구의 흥미로운 수다를 듣는 것 같고, 위트 가득한 소설의 한 페이지를 읽는 것 같기도 합니다. 일본의 그림책 작가이자 에세이스트인 사노 요코는 신문기자이자 대학교수인 최정호 선생과 40년이라는 긴 세월 동안 편지를 주고받았습니다. 최정호 선생이 그 편지를 공개하면서 『친애하는 미스터 최』라는 책이 세상에 나오게 되었죠. 이 책에는 답신으로 보낸 최정호 선생의 편지가 함께 수록돼 있어서 두 사람 사이에 오간 편지를 함께 볼 수 있습니다. 진지하고 차분한 최정호 선생의 편지와 말괄량이 같은 사노 요코의 편지가 대조되어 읽는 재미가 두드러지는 책입니다. 편지 분량은 때마다 다릅니다. 안부를 묻는 세 줄짜리 짧은 답신이 있는가 하면, 일곱 페이지에 달하는 긴 분량의 편지도 있습니다. 편지 쓰는 재주가 타고났다는 건 사노 요코를 두고 하는 말인가 싶은 정도로 긴 분량이든 짧은 분량이든 그녀의 편지는 허물없고 유쾌하면서도 가슴 찡한, 매력적인 문장을 구사합니다. 그리고 무엇보다 편지 쓰기를 즐기고 있다는 것이 저절로 느껴져서 읽는 사람마저 기분이 좋아집니다.

이런 사노 요코의 편지를 좋아해서 편지 가게에도 그녀의 편지를 필사해 두었습니다. 손님들은 한동안 서서 조용히 편지지에 적힌 글을 읽습니다. 그리고 살며시 미소 짓습니다. 또한 종종 묻습니다. "이 편지는 어디서 찾으신 건가요?" 한 통의 편지를 읽는 것만으로도 사노 요코의 다른 편지까지 궁금해지는 겁니다. 그럼 저는 이미 예상하였다는 듯 손님에게 『친애하는 미스터 최』를 권하는데요, 그러면 손님들은 필사해 놓은 편지지까지 함께 구매하곤 합니다. 편지 쓰기가 어렵고 부담되는 때가 있다면 『친애하는 미스터 최』의 편지를 들춰 보세요. 사노 요코의 편지를 읽으면 편지를 쓰기 전 마음이 한결 가벼워집니다.

편지의 냉혹한 단면, 일방성
―『아버지께 드리는 편지』(은행나무, 2015)

『아버지께 드리는 편지』는 카프카가 아버지에게 쓴 한 통의 편지입니다. 책 한 권이 될 정도로 긴 편지를 쓴 이유는 다름 아닌 결혼을 허락받기 위해서였지요. 엄격한 아버지 밑에서 자란 카프카는 어린 시절부터 아버지 앞에서 늘 주눅 들어 있었습니다. 그러던 어느 날, 그의 아버지가 자신의 세 번째 약혼녀 율리 보리체크를 노골적으로 무시했고, 카프카는 태어나 처음으로 아버지에게 맞서기로 결심했습니다. 그때 맞서는 방식으로 택한 것이 바로 편지입니다. 책을 읽어 보면 인생의 중대한 결정인 결혼을 앞두고도 아버지와 얼굴을 마주하고 이야기할 수 없는 카프카의 마음을 이해할 수 있습니다. 완고하고 고지식한 아버지와 잔뜩 주눅 든 아들. 편지에서 카프카는 10대 시절부터 현재까지 아버지로부터 느낀 감정을 시간 순서대로 이야기합니다. 그는 이 편지를 아버지에게 바로 전하지 않고 어머니에게 전했습니다. 그런데 어떤 연유에서인지 어머니 역시 그 편지를 전하지 않았죠. 사적인 서한이며 동시에 카프카의 자전적 에세이였던 이 편지는 결국 카프카가 죽고 난 후 그의 친구 막스에게 전달되어 세상에 알려졌습니다.

이 책을 읽으며 저는 편지의 '일방성'에 관해 다시금 생각해 보게 됐습니다. 어떤 상황에 간섭받지 않고 내 생각을 전달하는 데 편지를 선택할 수 있겠다고 생각했습니다. 그리고 그것은 항상 좋은 내용으로만 적히지 않는다는 것도요. 더없이 솔직하고 싶을 때, 말로 담지 못하는 것을 글로 풀 때 그것이 때로는 불편한 말로 채워질지언정 그것조차 편지가 될 수 있다는 것을 이 책을 통해 한 번 더 인식했습니다. 편지 자체를 아름다운 것으로만 포장하지는 않으려 합니다. 그래야 편지지를 앞에 두고 더 솔직해질 수 있을 테니까요. 하고 싶은 이야기 앞에서 솔직해지고 싶을 때, 혹은 편지의 일방성이 필요한 순간에, 이 책을 펼쳐 보기를 권하고 싶습니다. 그럼 카프카가 편지를 쓰도록 용기를 줄 겁니다.

진한 향수가 밀려오다
—『조금 더 쓰면 울어버릴 것 같다. 내일 또 쓰지』(봉투북스, 2019)

이 책은 부모님의 결혼기념일 27주년을 맞이해 그 딸들이 아버지가 어머니에게 쓴 연애편지를 묶어 펴낸 책입니다. 제목부터 범상치 않은 이 책에는 1985년부터 1988년까지 남하(아버지)가 희(어머니)에게 쓴 50여 통의 편지가 읽기 좋게 편집되어 있습니다. 아버지의 청년 시절, 그러니까 80년대의 짙은 감수성과 정서를 이 책에서 고스란히 느낄 수 있습니다. 남하의 편지를 읽고 있으면 한 번도 살아 본 적 없던 그 시절을 마치 산 것처럼 진한 향수가 밀려옵니다. 참 묘한 일이죠. 편지의 한 부분을 같이 읽어 보죠.

"봄, 비, 밤, 시심. 종일 비가 내렸다. 호우라고 하던가. 소리 없이 안개처럼 내리는 비를 바라본다. 완연한 봄날 별로 비와 친숙하지 못한 나이지만 오늘만큼은 왠지 싫지가 않다. 마음의 여유가 그만큼 더 생겼기 때문일까. 당당히 바라볼 수 있는 아련한 그리움 한 자락과 함께 받은 반가운 글의 엽서 두 장. 오늘은 이것만으로도 충분히 사랑할 만한 날이다."

이때의 정서가 느껴지나요. 그 시절의 편지들은 비슷한 정서를 공유하고 있는 것 같습니다. 한번은 집에서 아버지의 지난 앨범을 보다가 아버지가 군대 시절 동기에게 받은 편지를 읽게 됐습니다. 내용으로만 보면 보고 싶고 그립다는 것인데 글의 표현이 지금과 아주 다릅니다. 현재 우리와는 사뭇 다른 감수성이라고 할까요. 어떤 면으로는 그 시절에 주로 쓰던 언어가 더 인간적이고 감상적인 것 같기도 합니다.

그때를 살아 본 적이 없는 저는 『조금 더 쓰면 울어버릴 것 같다. 내일 또 쓰지』로 그 시절의 사랑을 가늠해 봅니다. 아름다운 단어와 언어를 볼 수 있는 것이 얼마나 마음에 큰 위안을 안겨 주는지 모릅니다. 사랑하는 마음을 표현하는 데 이만한 책도 없는 것 같습니다.

매력적인 표현 방식
—『존 치버의 편지』(문학동네, 2016)

수다스러운 존 치버의 편지. 저는 편지 덕분에 존 치버라는 훌륭한 소설가를 알게 됐습니다. 아는 게 많아지면 좋은 것도 많아집니다.『존 치버의 편지』는 792쪽이나 되는 상당한 분량으로, 그의 사후에 아들인 벤저민 치버가 엮어서 출간한 책입니다. 10대 후반부터 글을 쓰기 시작해 70세에 암으로 죽기 전까지 전업 작가로 살았던 존 치버는 일주일에 10~30통에 달하는 많은 편지를 썼습니다. 편지를 받은 사람은 가족, 친구, 문학계 동료 그리고 불륜 상대를 비롯해 동성의 연인들까지 다양했습니다.

존 치버에게 편지는 일종의 소설을 쓰는 일이자 글쓰기를 위한 하나의 도구이기도 했습니다. 이 책을 엮은 존 치버의 아들 벤저민 치버는 이렇게 말합니다. "이 책은 일반적인 의미의 서간집이라기보다 서신을 통해 드러난 한 인간의 초상화가 될 것이다. 아버지의 삶에서 일어난 중요한 일화 중에 편지에서 언급되지 않고 지나간 것은 없다."

그래서인지 존 치버의 편지는 늘 넉넉하고 풍성하게 읽을 수 있어 좋습니다. 다른 사람의 편지를 읽고 좋아한다는 게 일종의 관음처럼 느껴지기도 하지만, 존 치버라는 작가 내면의 이야기는 결국 우리의 이야기가 되기도 합니다. 그의 글에는 타고난 유머 감각이 있습니다. 무언가를 표현할 때의 방식, 그가 쓰는 단어들은 결국 그가 삶을 바라보는 방식이기도 한데 그 방식이 순수해서 끌립니다. 존 치버의 여러 편지 중 그의 매력이 잘 드러나는 편지를 하나 옮깁니다.

달링,

간밤에 곤드레가 되도록 술을 마시고 당신의 목소리가 절절하게 그리웠지만 전화번호를 찾을 수가 없었어. 차라리 다행이라는 생각이 드는군. 최소한 술은 안 마셔야 할 것 같아. 당신이 그립지만 우울한 마음은 전혀 아니야. 당신에게는 향수와 감미로운 음악과 설익은 갈망을 차단하는 듯한 밝음이 있어. 내가 얼마나 당신에게 어울리지 않는 사람인지 적어 보자면 긴 명세서가 나오겠지. (……) 내 책은 크노프가 예상했던 베스트셀러는 되지 못했지만 매주 400명 정도는 책을 사는 것 같아. 그 400명이 얼마나 사랑스러운지. 그들은 운

동화를 신는 사람들일 거야.

사랑을 담아, 존.

{ 15 }
편지는 곧 '나'

그나마 편지를 꽤 주고받았던 때를 떠올려 보면 학창 시절이었던 것 같습니다. 어른이 되어서도 편지를 적잖이 받고 있다면 그건 꼬박꼬박 생일 편지를 챙겨 주는 친구를 뒀거나, 만나는 것만으로는 부족해 편지지에 꾹꾹 마음을 눌러 쓸 수밖에 없는 찐한 연애 중이거나, 혹은 외사랑을 받는 특별한 경험을 하고 있는 건 아닐까 하고 짐작하게 되고요. 언제 받은 편지든 그 편지에는 자신의 지난 시간이 담겨 있을 겁니다. 편지 안의 문장들은 그때의 나를 떠올리게 해서 때때로 내가 누구인지, 사람들에게 내가 어떤 사람으로 비치는지 보여 줍니다. 내 존재가 흐릿하게 느껴질 때면 그 존재의 이유를 찾기 위해 편지 상자를 열어 보곤 합니다. 그 편지 중에는 유독 자주 꺼내 보는 편지가 있고, 그런 편지들은 특별한 상자에 따로 분리해서 보관하고 있습니다. 이 특별 상자에 들어가는 편지를 가르는 기준은 '나에 대해서 말하는 문장'이 많은가 입니다. 제게 편지를 쓸 정도로 가까운 이들이 써 주는 '나'를 활자로 읽는 것은 때때로 큰 위로가 됩니다. 주로 읽는 문장 하나를 예로 들면 "난 네가 얼마나 튼튼한 사람인지 또 연약한지 그 어떤 단면들을 누구보다도 잘 알고 있다고 생각해."입니다. 이 문장을 읽을 때면 제가 가진 숨은 면모를 돌아보게 됩니다. '나는 언제 튼튼할까?' 그리고 '언제 연약할까?' 친구가 그렇게 느낀 나의 면모는 무엇이었을지 내가 생각하는 그 면모는 무엇이라 말할 수 있을지, 이런 질문을 하면서 현재의 상태를 돌아보게 됩니다.

한편으로, 편지 속에 적힌 나와 실제 내가 느끼는 나 자신과의 괴리도 분명히 있습니다. 또 다른 친구는 제게 "약속한 것을 잘 지키는 사람인 것 같아. 그래서 무엇이든 할 수 있을거야"라고 썼습니다. 그 문장을 보며 '내가?'라는 생각이 바로 들며 공감하기가 어려웠습니다. 그러곤 그 친구에게는 절대 약속을 어기지 말아야겠다고 다짐하게 됐습니다. 제가 생각하는 저는 수많은 약속을 어기고 자신을 속이며 사는 때가 더 많은 것 같습니다. 가게를 시작하고서는 그 약속을 지키지 못할 때가 더 많아서 괴로운데 그 편지 속의 저는 바르고 멋진 사람이었습니다. 동의할 수는 없었지만 그런 사람이 되고 싶은 마음을 일깨우게 하는 친구의 편지가 너무 소중하게 느껴졌습니다. 편지 속의 내가 현실의 나와 닮았든 닮지 않든 그 내용에는 자신을 돌아보게 하는 충분한 지표들이 숨겨져 있습니다.

그 지표들을 사람들과 함께 찾고 읽으면 좋겠다고 생각하고 작은 프로그램을 만들었습니다. 같은 시간과 장소에 모여 그동안 받은 편지를 정리하는 겁니다. 이를 위해 '편지로 자신을 돌아보는 법'이라는 거창하면서도 간단한 룰을 만들었습니다. 준비물은 편지 30통 이상, 아무것도 적혀 있지 않은 백지 한 장, 펜 또는 연필 그리고 편지세트 입니다.

프로그램은 이렇게 진행됩니다. 먼저, 준비한 편지를 연도별로 정리합니다. 이미 편지 관리를 잘해 둔 사람이라면 이 단계는 생략해도 됩니다. 저의 경우 받은 편지를 한곳에 모아 두긴 해도 상자가 여러 개로 나눠져 있어서 받은 시기가 매번 뒤섞이곤 합니다. 편지를 연도별로 정리하는 이유는 편지의 추이를 따라 스스로를 돌아보기 위해서입니다. 시간순으로 읽는다는 작은 목표를 설정한 것만으로도 많은 편지를 한 번에 읽는 데 무리가 없고 삶의 주기에 따른 변화를 살펴보기에 좋습니다. 그리고 연도별로 본인의 주기를 설정합니다. 주기는 삶의 큰 기점마다 정합니다. 학창시절을 포함해 정리한다면 초등학교, 중학교, 고등학교 각 3년과 대학교 4년, 대학에 가지 않았다면 그 사이를 지칭하는 본인만의 이름을 지어도 좋습니다. 그 이후로는 본인이 몸담으며 일한 곳을 주기로 나누면 됩니다. 이 주기는 만남과 헤어짐이 있을 때 유독 편지가 많이 오가기 때문에 설정했고, 그런 이유는 그때마다 우리 삶에 크고 작은 변화들이 있곤 하기 때문입니다. 이렇게 편지를 시간순으로 읽다 보면 나의 삶에는 어떤 사람들이 있었고, 여러 관계 속에서 어떤 감정을 느꼈는지, 그리고 자신이 얼마나 사랑받은 사람인지 느낄 수 있습니다.

연도별 편지 정리가 끝나면 이제 편지를 읽고 문장을 찾습니다. 나에 대해 얘기하는 부분을 찾아 밑줄을 긋거나 모퉁이를 접어서 표시를 합니다. 그동안 받은 편지를 다시 읽는 동안 신기하게도 마음이 부풀고, 잊힌 추억이 방울방울 떠오릅니다. 그때의 감정이 떠오르며 느껴진다면 매우 잘하고 있는 겁니다. 이 과정을 빠르게 지나치지 말고 충분히 누렸으면 좋겠습니다. 이렇게 시간 내어 편지를 읽을 때가 그다지 많지 않으니까요. 문장을 고르다 보면, 다시 한번 '남는 편지'와 '그렇지 않은 편지'로 나뉩니다. '그렇지 않은 편지'는 다시 상자 안에 넣습니다. 이건 그렇지 않은 편지가 소중하지 않다는 의미는 아닙니다. 보낸 이의 시간과 정성을 모른 척하는 사람이 되어선 안 됩니다. 모든 편지는 소중합니다. 다만, 나에 대해 얘기하는 부분이 적은 것은 보내는 이가 전할 안부가 많았다고 생각하거나 평소 이야기를 잘 들어 주는 나의 면모가 드러난 결과라고 생각하는 것이 좋겠습니다. 그리고 편지 속 나를 발견하는 문장은 보편적이기보다 숨은 진주에 가까우니 그런 문장이 많지 않은 것이 더 당연하기도 합니다.

문장 표시가 끝나면 준비해 둔 백지에 시간순으로 문장을 필사합니다. 필사하는 이유는 쓰는 행위 자체가 그 내용을 더 깊게 사유하고 기억하도록 만들기 때문입니다. 날짜, 보낸 이, 문장 순서로 적어 내려갑니다. 기왕 나를 발견하기로 한 것, 눈과 손을 움직여 제대로 해 보는 겁니다. 흩어져 있던 문장이 한 장의 종이에 모여 나를 발견할 수 있는 지표로 반짝입니다. 그 기록에는 어떤 흐름이 보이고, 지나온 나의 말과 행동이 그대로 드러나기도 합니다. 이때 필사하면서 떠오르는 생각이 있다면 필사하는 문장 옆에 따로 칸을 만들어서 놓치지 말고 메모해 둡니다. 과정에 몰입하면서 자연스럽게 나온 감정이니 이것을 메모로 남겨 놓는 일이 꽤 중요합니다. 그러니 느낀 점이 있다면 한 단어 혹은 한 문장으로 꼭 남겨 두어야겠지요. 필사지를 다시 꺼내 보는 날이 온다면, 필사한 문장 속의 나와 지난 날 문장을 보며 쓴 나의 감상을 교차하며 읽어 보게 되겠죠. 그 시간이 나를 돌아보는 또 다른 이정표가 되어 줄 거로 생각합니다.

여기까지가 '편지로 자신을 돌아보는 법'을 진행하는 방식입니다. 첫째, 받은 날짜별로 편지를 정리한다. 둘째, 자신의 주기를 설정한다. 셋째, 편지 속에서 자신을 언급한 문장을 찾는다. 넷째, 찾은 문장을 시간순으로 필사한다. 다섯째, 필사하며 떠오른 느낌이나 생각이 있다면 메모한다.

모든 과정이 끝나면 마지막으로 한 통의 편지 쓰기를 권합니다. 그 순간에 가장 먼저 떠오르는 이에게 내가 받은 편지처럼 자신을 발견하는, 일깨우는, 응원하는, 위로하는, 그런 서툴지만 마음을 다하는 편지를 써보는 거지요. 단, 내 이야기 위주가 아니라 편지를 받는 그 상대방을 생각하며 '그'에 관한 이야기를 쓰는 겁니다. 그러면 그 편지를 받은 사람도 생각지도 못했던 자신의 모습을 발견한다든가, 새롭게 일깨운 자기 모습에 위안이나 응원을 받는다든가 하는 경험을 할 겁니다.

　편지는 곧 '나'일 수밖에 없는 것 같습니다. 그런 이야기를 써서 전하는 '나'도, 그런 이야기를 읽는 '나'도, 편지 안에서는 오롯이 '나'입니다.

{ 16 }
온라인 편지, 이메일

이메일 아이콘 모양을 들여다보다 혼자 슬며시 웃을 때가 있습니다. 인터넷 세상에서 통용되는 메시지 송수신 방식을 나타내는 아이콘을 편지 봉투 모양의 아날로그적인 이미지로 표현한 것이 아이러니해서입니다. 편지 가게를 하며 손편지 세상에 둘러싸여 있다 보니 인터넷 세상에서 오가는 이메일은 어쩐지 편지라는 생각이 들지 않습니다. 편지를 쓴다고 생각하면 어떤 편지지를 고를까, 하는 것부터 고민하니 이메일은 아예 편지의 영역으로 보지 않는 거지요. 그러던 중에 우연히 읽은 박준 시인의 인터뷰 기사에서 이메일이라는 편지'도' 보이기 시작했습니다. 시인은 말합니다.

"사실 종이 편지를 자주 쓰진 못해요. 다만 편지 같은 글들을 쓰려고 노력해요. 메일이나 문자, 편지 등의 글쓰기는 내가 하고 싶은 말만 하는 게 아니잖아요. 많이 생각해 보고, 건강이나 날씨 이야기도 하게 되고. 이야기의 방식이 부드럽잖아요. 그게 좋아요."

종이 편지를 자주 쓰지는 못하지만 "편지 같은 글"을 쓰려고 노력한다는 시인의 말이 너무 마음에 와닿았습니다. 그러고 생각해 보니 지금껏 받았던 이메일의 "편지 같은 글"들이 떠올랐습니다. 형식적인 인사가 아니라 진심으로 안부를 묻고 말을 건네던 인터넷 세상의 편지들이 말입니다. 아무래도 이메일은 업무와 관련된 용건을 주고받는 데 주로 이용하는 편입니다. 그런데 일과 관련한 내용을 말하는데도 배려와 세심함이 느껴져 유달리 다정하게 느껴지는 그런 메일이 있습니다.

사실 저는 이메일은 그때그때 뚜렷한 용건이 있어서 쓰는 편이어서 그렇게 "편지 같은 글"도 아닐뿐더러 살갑게 쓰지도 않습니다. 용건을 정확히 전달하겠다는, 아주 단순한 목적만을 생각하면서 쓰는 편이죠. 시인의 말에 곰곰이 생각해 보니 아무리 이메일이라지만 그동안 제가 보냈던 이메일은 편지 가게 사장의 메일 같지 않았겠다는 생각이 들었습니다. 괜히 머쓱한 기분이 들더군요. 왠지 상대방의 기대에 못 미친 메일(편지)을 보냈었나 싶은 생각도 들고요. 편지 가게 사장이라면 다정하고 사려 깊은 내용으로 거뜬히 메일을 채울 수 있을 것 같지만 참, 잘되지 않습니다. 이메일을 쓸 때도 "편지 같은 글"을 써야겠다는 고민을 하면서도 이메일이라는 메시지 송수신 수단이 제게는 여전히 익숙하지 않습니다.

그런데도 업무와 관련된 이메일을 받고 참 좋아서 따라 쓰고 싶어진 적이 있습니다. 일목요연한 형식과 불필요한 의문이 들지 않게끔 꼼꼼하고 세세하게 적어 준 문장 그리고 내용을 전개한 방식이 인상적이었습니다. 온라인에서 주고받는 편지글이라도 희한하게 사람들 각자의 어투와 말하는 방식이 드러납니다. 수신자를 명시하고, 인사말을 쓰고, 용건을 적고, 다시 인사말로 마무리를 하고 날짜와 발신인을 적는 것은 큰 틀에서는 종이 편지를 쓸 때와 크게 다르지 않습니다. 그런 업무 메일이라는 일종의 편지를 매일매일 쓰는 사람들이 꽤 많은데, 업무와 엮인 사회적 관계의 사람에게 사무적인 용건을 쓰는 일에도 각자의 어투와 말하는 방식이 저마다 녹아들어 개성이 나타난다고 생각하면 새삼 신기합니다.

그래서 요즘은 저도 업무 메일을 쓸 때 표정이 없는, 무미건조한 메일을 쓰지 않도록 경계합니다. 업무 메일이다 보니 실수하지 않으려 애쓰다 보면 저도 모르게 건조하고 사무적인 어투로 쓰게 되지만 그래도 아무 표정도 느껴지지 않는 메마른 느낌을 주고 싶지는 않아서입니다. 메일에 무슨 표정이 있냐고 하겠지만, 메일에 녹아 있는 어투와 말하는 방식에 따라 자연스레 그려지는 상대방의 표정이 있다고 생각합니다. 그런 모든 요소가 합쳐져 그 사람의 이미지가 된다고 생각하고요. 손편지든 이메일이든, 편지는 결국 상대방에게 말을 거는 방식입니다. 그 방식이 자연스럽고 호의적으로 느껴지면 좋겠지요.

물론 이메일이라고 해서 업무용으로만 사용하는 것은 아닐 겁니다. 가끔은 이메일도 충분히 '손편지'와 같은 쓸모를 가집니다. 저의 경우는 외국에 있는 친구에게 안부를 묻는 이메일을 쓸 때 그렇습니다. 그때 키보드로 편지글을 쓰는 마음은 편지지에 펜으로 꼭꼭 눌러 쓰는 마음과 다르지 않습니다. 인터넷상에서 오가긴 하지만 이메일 또한 분명한 편지입니다.

"편지는 수신인 혼자서만 읽는 호사스러운 문학이다." 대학교수이자 영인문학관장인 강인숙 작가의 말처럼 편지는 오롯이 한 사람만을 위해 집약된 사연과 정성, 사랑과 애씀의 모든 마음이 녹아 있는 글입니다. 그 가득한 마음을 혼자서만 누리는 것이니 호사인 것이 분명하지요. 손편지가 아무래도 부담스럽다면 이메일을 통해서라도 그런 호사를 선사하기도 하고 누릴 수도 있기를 바랍니다.

{ 17 }
앞으로도 계속할 수 있을까?

가게를 열고 가장 많이 받은 두 가지 질문이 있습니다. 한 가지는 '왜 편지 가게를 열었는가?'였고, 또 한 가지는 '그래서 비즈니스가 되는가?' 하는 것이었습니다. 왜 편지 가게를 하냐는 질문에는 시작한 이유가 분명하니 흔쾌히 답할 수 있습니다. "하고 싶은 일이 있었으니까요." 그렇지만 편지 가게가 사업성이 있는가 하는 질문에는 매번 속 시원하게 답하기 어렵습니다. 사업을 하는 것도 처음이고, 비즈니스라고 할 만한 체계도 없이 좌충우돌했던 시간이기 때문입니다. 아마 질문을 한 사람들도 제게 거창한 비즈니스의 의미로 물었던 건 아닐 겁니다. 그보다는 편지 가게로 돈을 벌만큼 '편지를 쓰는 사람이 (과연) 있어?'라고 물었던 것이 아닐까 합니다. 이 질문에 매번 속 시원하게 답하지 못했지만 이번 기회를 빌려 말하자면, 지금까지의 경험으로는 "그렇다"라고 답하고 싶습니다.

일상에서 소식을 전하고 용건을 전하던 수단으로서의 편지는 그 기능을 잃은 지 오래입니다. 휴대전화나 메신저로 소식을 전하는 게 더 익숙한 세상이니 편지란 '특별한' 날에 아주 '특별히' 마음을 전하고자 할 때나 떠올리는 '특별한' 것이 되었습니다. 사람들은 이제 편지는 시대에 어울리지 않는 수단이라 생각합니다. 머지않아 사라질 것으로 간주하는 사람들도 있고요. 저도 크게 생각이 다르지 않았던 것 같습니다. 그런데 편지 가게를 열면서 생각이 좀 달라졌습니다. 편지가 여전히 안부를 전하고, 마음을 전하는 수단으로 그 역할을 하고 있다는 걸 알게 됐습니다. 가게에 손님들의 발길이 이어지는 것을 보며 편지 가게의 지속 가능성을 기대하게 됩니다. 제게 편지 가게 손님들은 '편지를 쓰는 사람'들이나 다름없습니다. "요즘 누가 편지를 써"라고 사람들은 말하지만, 가게에 오는 손님을 보고 있으면 '요즘도 편지를 많이 쓰는구나' 하는 생각을 자연스레 하게 됩니다. 손님들은 저마다 찾는 제품이 다르고 구매하는 것도 제각

각인 데다가 늘 새로운 제품이 출시되기를 기다립니다. 그런 기대와 흥미가 느껴질 때마다 편지가 필요한 순간과 편지를 좋아하는 사람들이 생각보다 많다는 걸 느낍니다.

카운터를 지키고 있노라면, "지난번에 샀던 편지지를 다 써서 또 사러 왔어요" 하며 말을 건네거나, "사장님, 나중에 이런 편지지 만들어 주세요" 하고 글월에서 쓰고 싶은 편지지를 제안해 주는 손님도 만납니다. 편지 덕분에 생긴 일도 스스럼없이 말해 줍니다. 글월 편지지에 편지를 써서 프로포즈를 했다는 얘기, 유학 시절 숙소 옆이 우체국이었다는 얘기, 부모님 생신 때 플라워 카드에 편지를 썼다는 얘기 등. 손님들에게 편지 가게 글월은 단순히 물건만 사는 가게가 아니라 편지를 주제로 한 이야깃거리가 풍성한 공간인 것 같습니다. 그러고 보면 좋아하는 일을 했더니 좋아해 주는 사람들이 모이고 그 사람들로부터 새로운 이야기가 생기는 것이 가게를 하는 재미가 아닌가 싶습니다. 이 공간의 이야기를 찾아 사람들의 발걸음이 이어지는 한, 이 편지 가게는 오래 지속될 수 있을 거라 생각합니다. 물론 그런 이야깃거리와 함께 사람들의 마음을 흡족하게 해 줄 좋은 제품과 서비스를 끊임없이 고민하는 것이 가게를 꾸리는 사람이 해야 할 일일 테고요.

물론 제 주변 사람이고 편지 가게 손님이어서 그렇겠지만, 그들은 이제 '편지' 하면 '글월'이 떠오른다고 합니다. 어떤 단어를 선점하는 건 아주 대단한 일입니다. 그러니 글월이 편지라는 단어를 얻은 건 참 기쁜 일이죠. 늘 생각합니다. 편지로 시도할 수 있는 일을 먼저 보여 주고, 이를 응용해서 할 수 있는 또 다른 일로 새로운 사람들을 만나서 다음 단계로 나아가 보자고요. 사람들은 무언가 계속 시도하고 보여 주면 어떤 일이든 관심을 갖고 참여합니다.

그간 여러 브랜드와 협업해 편지 세트를 만들고, 다양한 프로그램을 통해 사람들을 만났습니다.『문장수집가』라는 책의 출간에 맞추어 출판사와 함께 편지 세트를 제작했고, 휴양시설의 방문 고객을 위한 한정판 편지 세트를 출시하기도 했으며,『사랑의 역사』(문학동네, 2020)라는 책의 출간 이벤트로 책을 먼저 읽고 리뷰를 예비 독자들에게 편지로 전달한 '북레터 프로젝트'를 출판사와 함께 진행하기도 했습니다. 그 외에도 편지를 주제로 이야기를 나누는 작은 강연을 진행하거나 작고한 여성 문인의 편지를 선별해 사람들 앞에서 읽고 이야기를 전하기도 했습니다. 세상의 많은 일들이 편지로 연결될 수 있다고 생각합니다. 그러니 편지를 가지고 하고 싶은 일도, 해야 할 일도 무척이나 많습니다. 저는 글월에서만큼은 아이디어가 샘솟는 것 같습니다. 편지와 엮을 수 있는 갖가지 재미있는 아이디어가 수시로 떠오르고 그 일을 현실로 만들어 왔으며 또 앞으로도 만들어 갈 것이니까요.

글월 주인장의 사업 이야기

전 저의 비즈니스가 지면이 고른 고속도로를 달리는 성능 좋은 자동차라기보다 사람의 발길이 뜸해 덩굴이 우거진 숲을 지나는 자전거 같다고 느낍니다. 편지 가게를 일군다는 건 그 덩굴을 조금씩 거둬 내며 고르지 않은 거친 길을 평평하게 만드는 작업 같기도 합니다. 그래서 한 발씩 내디딜 때마다 해야 할 일이 많습니다. 다행히 이 숲은 다른 사람들도 마음에 들어 하는 곳인 것 같습니다. 그 길을 함께 만드는 고객들, 함께 프로젝트를 진행하는 동료들이 곁에 있으니 제 의지만 굳건하면 이 일을 지속할 수 있을 것 같습니다.

가게가 처음 생긴 2019년과 비교하면 이듬해인 2020년에는 유입 고객이 두 배로 늘었습니다. 2021년에는 2주년을 계기로 전년도 매출의 세 배가 늘었고 가게를 함께 봐 줄 팀원도 늘었습니다. 2021년 하반기에는 지점을 한 곳 더 늘리며 폭넓은 연령대와 개성 강한 취향의 고객들까지 아우르며 편지 가게의 가능성을 좀 더 엿보았습니다. 여전히 비즈니스라고 할 만한 규모로 가게를 키운 건 아니지만, 눈에 보이는 실질적인 가능성이 이 가게를 지속할 수 있게 합니다. 처음에는 인터뷰를 위한 공간을 꿈꾸다가 어쩌다 보니 편지지와 편지 봉투를 만드는 세계로 입문하게 되었고 그러다 보니 사람들이 편지와 편지 봉투를 실제로 썼으면 하는 마음에 여러 관련한 서비스와 프로젝트를 기획하며 확장해 왔습니다.

잠시 영화 『HER』(2014) 이야기를 하고자 합니다. 이 영화의 시대 배경은 2025년입니다. 인공지능이 가능한 운영체제를 누구나 스마트폰처럼 구매하고 소장할 수 있는 시대로 설정했죠. 이 영화의 주인공 테오도르는 한 기업의 편지 대필 작가로 일합니다. 설정이지만 첨단 기술이 그렇게 발전했는데 편지가 여전히 남아 있고, 심지어 그 서비스를 위한 회사가 있다는 것이 무척 색다르고 놀라웠습니다. 그런데 저는 그 설정이 꽤 그럴싸하다고 생각했습니다. 우리는 언제나 새로운 기기에 열광하면서도 다른 한편으로는 인간적인 감수성을 좇으니까요.

빨라지는 디지털의 속도만큼 인간은 느린 삶의 속도도 추구하는 균형을 보입니다. 또 그것으로부터 안정을 얻는 것 같고요.

글월은 새로운 편지 쓰기 문화를 만들고자 합니다. 편지가 익숙한 세대에게는 편지를 주고받는 일이 올드한 문화겠지만, 편지를 모르는 어린 세대에게는 편지를 쓰는 일 자체가 새로운 문화라는 걸 편지 가게를 하며 많이 느끼고 있습니다. 여기서 말하는 문화란 '우리 모두 편지를 많이 씁시다!' 하고 외치는 것이기보다는 '이번에 편지나 써 볼까?' 하는 쪽에 더 가깝습니다.

편지는 어색하고 쑥스러워서 직접 전하기 어려운 마음을 은근히 전하거나 좀 더 정성껏 마음을 담아서 전하고 싶을 때 찾는 수단으로 오래오래 우리 곁에 남을 것 같습니다. 편지 가게를 찾는 손님들은 유행이나 트렌드를 좇아 편지를 찾는 것이 아닙니다. 마치 필요한 일용품을 사는 것처럼 보입니다. 저는 그런 일상의 한 장면에 편지가 스며 있는 풍경을 보며 편지 가게가 그리 쉽게 사라지지 않으리라 믿게 됩니다.

{ 18 }
오직 편지만이 할 수 있는 일

인터뷰는 제가 편지 가게를 시작한 가장 큰 이유입니다. 다니던 회사를 그만두고 다음 직장을 찾기 전까지 무모하더라도 시도하고 싶은 일이 하나 있었습니다. 편지 가게를 시작하기 전에 저는 잡지사 에디터로 일했는데요, 그리 길지 않은 경력이지만 특별한 일을 하는 사람들을 만나 인터뷰하고 기사 쓰는 일을 했습니다. 평소 사람들의 사는 방식에 관심이 많았던 터라 질문하고 답변을 듣는 인터뷰 작업이 퍽 즐거웠습니다. 인터뷰를 하며 나눈 대화의 녹취록을 풀고 그 이야기를 읽기 좋게 정리하는 일련의 과정에 매력을 느끼면서 누군가의 삶에 관심을 기울이고 질문을 던지는 일이 좋았던 것 같습니다. 그런데 인터뷰를 준비하며 웬일인지 저는 '편지'를 떠올렸습니다.

사실 인터뷰라는 건 매체가 있어야 할 수 있는 일입니다. 듣고 싶은 주제가 있고, 그것을 말할 사람이 있고, 또 그것을 읽어 줄 독자나 청자가 있어야 인터뷰라는 작업이 성사되는 거죠. 그런데 그럴싸한 매체도 아닐뿐더러 에디터로 이름이 널리 알려진 것도 아닌 저 같은 개인이 청하는 인터뷰에 누가 흥미를 느낄까요? 그렇게 곰곰이 생각해 보니 인터뷰이와 인터뷰어라는 두 당사자는 누구보다 인터뷰 내용에 관한 이해도가 높을 것이고, 자신이 말한 내용이 어떤 글로 정리될지는 인터뷰이가 가장 궁금해할 것이라는 생각이 들었습니다. 그러니 내가 인터뷰를 위해 만난 사람, 바로 그 사람이 글을 가장 즐겁게 읽어 줄 것이고, 신기루처럼 실체가 잡히지 않는 독자를 막연히 떠올리기보다 이야기를 나눈 당사자에게 글을 쓰자 싶었습니다. 인터뷰이를 독자로 삼으니 따로 독자를 찾을 필요도, 따로 매체를 키울 필요도 없었죠. 그렇게 한 사람을 위한 글로 인터뷰를 정리해 보니 자연스럽게 '편지글'이 되었습니다. 상대를 떠올리며 글을 정리하니 이야기를 풀어놓으며 지었던 표정과 손짓, 눈빛과 앉은 자세, 옷차림새, 웃음소리, 이야기를 나누며 보인 태도 등이 저절로 그려졌습니다. 그리고 이 게 마치 사랑하는 사람을 떠올리면서 쓰는 러브레터 같다는 생각이 들었습니다.

그런 생각으로 인터뷰 기사를 쓰는 일에 접근하니 흥미로웠습니다. 그때는 미처 생각지 못했으나 바로 그 생각이 글월의 시작이자, 글월의 메인 서비스인 '레터 서비스' 아이디어의 단초가 된 것이지요.

'편지'를 이 프로젝트의 중심 키워드로 둬야겠다고 생각하자 여러 아이디어가 떠오르더군요. 레터 서비스는 인터뷰를 통해 이야기 나눈 내용을 편지글로 정리하는 일종의 기록 서비스입니다. 『존 버거의 글로 쓴 사진』(열화당, 2019)이라는 책 제목처럼 '편지로 남긴 시간'이라고 할까요. 일과 생활, 관계, 균형 등 다양한 카테고리 중에서 인터뷰의 주제를 한 가지 정해 1시간 반 정도의 인터뷰를 합니다. 그리고 그날의 이야기가 담긴 글과 소회를 편지글로 정리해 손편지로 보내 주는 서비스입니다. 글로 자신을 남기는 시간 정도로 생각하면 됩니다.

그런 아이디어를 구상한 것이 2019년 1월의 일입니다. 그 사이 연희동에 지금의 공간을 구했고, 2019년 6월 30일에 편지 가게 글월을 시작했습니다.

글월 오프라인 공간에는 볕이 잘 드는 아늑한 위치에 테이블과 의자가 있습니다. 인터뷰를 하는 자리이자 편지를 쓸 수 있는 곳으로 글월에서 가장 중요하게 생각하는 공간입니다. 그 옆으로 편지지나 편지 봉투 등 편지 관련한 제품을 볼 수 있도록 했는데, 아주 조금만 진열해 놓고 대부분의 제품은 수납장 안에 보관해서 가게라는 느낌을 조금 줄였습니다. 편지 관련 제품들이 메인으로 보이지 않도록 한 것이지요. 그런데 편지 가게라는 자체 하나만으로 이곳을 좋아해 주는 사람들이 점차 늘면서 글월의 방향은 사람들과 오래 만날 수 있는 공간을 꾸리는 것으로 조금씩 바뀌고 있습니다. 처음보다 더 그럴싸한 '편지 가게'로 만들어 가는 과정이지요.

지난 2년간 저는 편지를 이해하고, 편지 쓰는 법을 공부하고, 시대에 필요한 편지의 가치를 고민하며 지냈습니다. 편지를 쓰면 쓸수록, 가까워지면 가까워질수록, 편지는 다정하고 인간적인 면모가 그대로 드러나는 글쓰기인 것 같아요. 내가 쓰지만 모든 시점은 상대에게 맞춰져 있죠. 레터 서비스를 하며 더 많이 그렇게 생각하게 됩니다. 레터 서비스는 펜팔 서비스와 함께 글월을 대표하는 서비스인데요, 인터뷰하고 그 내용을 편지글로 정리하고 손편지를 보내기까지 다듬는 시간이 생각보다 오래 걸리지만 앞으로도 꾸준히 해 보려고 합니다.

『투 더 레터』의 저자 사이먼 가필드의 말로 이야기를 마무리하고 싶습니다.

"하나의 세계와 그 안에서 개인이 한 역할을 이렇듯 직접적이고, 이렇듯 강렬하고, 이렇듯 솔직하게 그리고 이렇듯 매력적으로 되살릴 방법이 달리 무엇일까? 오직 편지만이 할 수 있는 일이다."

편지 쓰는 법
: 손으로 마음을 전하는 일에 관하여

2022년 10월 4일　　　초판 1쇄 발행
2024년 8월 4일　　　초판 4쇄 발행

지은이
문주희

펴낸이	**펴낸곳**	**등록**
조성웅	도서출판 유유	제406-2010-000032호 (2010년 4월 2일)

주소
경기도 파주시 돌곶이길 180-38, 2층 (우편번호 10881)

전화	**팩스**	**홈페이지**	**전자우편**
031-946-6869	0303-3444-4645	uupress.co.kr	uupress@gmail.com

	페이스북	**트위터**	**인스타그램**
	facebook.com /uupress	twitter.com /uu_press	instagram.com /uupress

편집	**디자인**	**조판**	**마케팅**
사공영, 김은경	이기준	정은정	전민영

제작	**인쇄**	**제책**	**물류**
제이오	(주)민언프린텍	라정문화사	책과일터

ISBN 979-11-6770-045-2 04810
　　　979-11-85152-36-3 (세트)